的

光棱镜

唐兴义 著

光明日报出版社

图书在版编目（CIP）数据

时光棱镜 / 唐兴义著．－北京：光明日报出版社，
2022.12

ISBN 978-7-5194-6964-1

Ⅰ．①时… Ⅱ．①唐… Ⅲ．①诗集－中国－当代 Ⅳ．① I227

中国版本图书馆 CIP 数据核字（2022）第 234847 号

时光棱镜
SHIGUANG LENGJING

著　　者：	唐兴义		
责任编辑：	谢　香	责任校对：	傅泉泽
封面设计：	蒋　能	责任印制：	曹　诤

出版发行：光明日报出版社

地　　址：北京市西城区永安路 106 号，100050

电　　话：010-63169890（咨询），010-63131930（邮购）

传　　真：010-63131930

网　　址：http://book.gmw.cn

E-mail:gmcbs@gmw.cn

法律顾问：北京兰台律师事务所龚柳方律师

印　　刷：北京天恒嘉业印刷有限公司

装　　订：北京天恒嘉业印刷有限公司

本书如有破损、缺页、装订错误，请与本社联系调换，电话：010-63131930

开　　本：170mm×240mm	印张：18.75
字　　数：180 千字	
版　　次：2022 年 12 月第 1 版	
印　　次：2022 年 12 月第 1 次印刷	
书　　号：ISBN 978-7-5194-6964-1	
定　　价：58.00 元	

时光棱镜

湖南桃花源诗人、书法家楚天之云为本书题字

龚学明

著名诗人，中国作协会员，江苏扬子晚报《诗风》周刊主编

生活在新疆的唐兴义，其诗歌题材多沙漠、戈壁及老鹰、明月、红枣等意象，向读者展现出又一个题材世界。其实，他出生在甘肃，他的题材又包含了家乡内容。总体上来说，这些都是西部风景和生活。相对来说，我更喜欢他写家乡、爸爸、妈妈的亲情诗歌，读来感情饱满，让人感动。作为九〇后诗人，他在写作上并没有陷于"翻译体"的生涩难懂，而是从生活写起，又有诗意的引申，呈现出经历生活甚至苦难后的超越和深度。愿他能保持自己的写作向度，坚持自己的美学追求和诗歌识别度。

陈玉福

著名作家、编剧，文化学者

《时光棱镜》是唐兴义用诗歌记录其心路历程的一本集子。谈到时光，很多人，尤其是稍微上点年纪的人，或多或少会觉得有种沧桑神秘的意味蕴含其中。时光在十七八岁少年人，和七八十岁暮年翁眼里是不一样的。正如一首诗歌，在不同年龄段有不同的解读，不同的体味。毫无疑问这是一个厚重的字眼，重量压弯了我们的脊梁，深沉又使我们挺立不屈。唐兴义的诗歌，就是对一段时光最好的诠释，在他而立之年回顾过去、展望未来的思考。他用诗人的目光审视一切，用诗歌的语言描绘世界，我们便从他的笔下看到了一个年轻诗人心中的世界。很欣喜，他的成长里一直都有书香，有墨香，有植物拔节的韧劲，和花开无声的芬芳。读他的诗歌，借用三十岁的眼光重新感悟，我们能找到自己过往的时光印迹，某一瞬间会心而笑，某一时刻心生矛盾，不管是寥落遗憾，还是心向阳光，我们似乎也在检拾点滴里回到了自己的三十岁。走出半生，归来依然少年！是诗人的心声，也是我对自己和所有人的祝福，初心难得不负时光，人生路上你我皆年少。加油！

玉素音·阿西木

新疆人民出版总社原副总编辑

九〇后唐兴义，其诗歌题材极具时代特征，新疆特色，价值取向正确。兴义的诗歌，大致有以下几个特点：一是艺术手法或形式高妙，题中有题，深化无迹，如天籁响彻，闻其声而不见其踪；二是以小见大与造化天然生命的精神之氤氲感；三是自然生成的审美之思，主体与客体可以相互置换、联类，臻于化境而漫然成篇。从文本策略来读，语言干净精练，通俗易懂，意蕴深刻。

庞向阳

喀什地委宣传部副部长

这些年，南疆不断优化人才环境，吸引了不少有志青年在这里工作创业，唐兴义就是这些年轻人中的一员。他们乘坐西去的列车，怀揣梦想，告别亲友，穿越河西走廊，穿过茫茫戈壁，沿着塔克拉玛干边缘的绿洲，到达祖国最西部地域喀什。在这里他们像戈壁红柳、大漠胡杨、天山雪松一样，悄无声息地扎根、倔强坚韧地生长。唐兴义在工作之余创作了这本《时光棱镜》，书中既有江山风雨也有千秋家国，既有苦涩、孤独、迷茫，更有阳光、梦想和未来，这是他对生活、工作、环境、"我和世界"深刻的思考，通过时光棱镜折射出他对美好生活的热爱和创造。把这些分享给读者，就是想让更多的朋友看到一个多彩的世界。像他这样能沉下心来，过滤浮躁的空气，用文字记录世间百态的年轻人不多，从诗集中我们不难读出，他的内心是丰富的。祝福唐兴义，期待他创作出更多的精彩佳作。

谢荣胜

著名诗人，中国作协会员，武威市文联副主席、作协主席

兴义出生在产生凉州词的天马故乡，这里是他的诗歌背景，雪山、戈壁、大漠、绿洲、故乡是他诗歌不可或缺的生命和意象，河西丝绸古道的一切，给他生命的时光棱镜抹上一丝亮光，成年后去新疆工作生活后，空旷地域，给他生命的时光棱镜提供了更广阔的空间和厚重。

笨 水

著名诗人

唐兴义的写作是富有变化的。变化是一个写作者进行持久创新与自我修改正的可贵品质。他的写作涉及新疆地域、怀乡与日常，抒情的升调与降调构成他风格的起伏交错。高蹈时激荡层云，低吟时词语落在心脏的位置。他的地域性写作，掺杂着怀乡情结，接近地域特质，在精神和情感上有较深的交递与反馈，抒情的轻与精神的重，获得了很好的平衡。

温 彬

笔名水杉，《读者》杂志社编辑

兴义的诗写自然万物，写人间风情，写青春疼痛，写血脉沟壑，写生活之轻与灵魂之重，写唐家庄，写疏附，写新疆与陇原，也写自己的内心与眼前的宇宙……这是一个真诚地生活并写作的人，他对文学特别是对诗歌的这份执着，注定将推着他走得更远，也更坚定。

王雁祥

著名军旅作家

兴义的诗是原生态的，青春而蓬勃，如大地上拔节生长的万物，他的文字落在哪里，我们的思索就会跟到哪里，这是极其珍贵的品质。

汪其飞

诗人、出版人、《蓝·诗文丛》主编、见诗如面品牌开创者

青年诗人唐兴义为人淳朴、善良、热情，他向往诗神，他对诗歌永远保持着虔诚、热忱和憧憬，其诗作质朴、纯净、温暖，透过其简约的诗行，我们明显可以感知到时光永恒的魅力——春天顽强的生命力、夏天高能的热量、秋天丰收的喜悦和冬天孕育的希望。

王世虎

青年诗人

内心的隐忍和孤独，将他的诗歌推向另一个维度，那是人类的西部，我们的祖先世代生活在那里，从而当我们在夜晚翻开他的诗集，越发觉得周边慢慢亮了起来。读他的诗，你将拥有一片深邃而辽阔的土地。

掬一段时光蓄力

—— 唐兴义《时光棱镜》序

子 涵

　　我第一次读到唐兴义的诗歌时，是一个春日的午后。当时，唐兴义拿着诗稿《时光棱镜》来找我，说准备出一本书，想请我作序。本人并没有渊博的文学知识储备，但由于长期从事文字工作，出于对年轻人的鼓励，便勉为其难答应了，于是就有了今天这篇序言。跟唐兴义认识之前，他一直在南疆工作，而诗稿中大多数内容都记录着他在基层工作的见闻及思考。接触不久的这段时间里，我发现唐兴义是一个肯吃苦、善于思考、责任心强、有一定文字功底、懂得感恩的年轻人，读其诗恰如读其人。

　　唐兴义生长、求学、工作、生活，均在西部大地，这样的经历，给他的诗歌打上了深深的"西部烙印"，而中国西部不只是地理意义上的中国高原，也是中华文化、中华文明蓬勃发展的推动者、见证者之一，毫无疑问，这样的历史背景，给文艺创作者提供了更多的可能性。细读诗稿《时光棱镜》时，我明显能感觉到文学的火把如何照亮他走过的那段奋进之路。对唐兴义而言：这是一段由学校到社会、由家乡精神到"新家"情怀、由文化反思到社会实践、由青涩到比较成熟，逐次过渡的一段路。从他的诗中我看到了他对家乡的眷恋和他对美好生活的向往，看到了他的成长过程，有苦有乐，有得有失，但他对诗歌的热爱一直是坚定不移的。

　　《时光棱镜》收录唐兴义创作的诗歌181首，分为6辑，仿佛一根六棱柱，在时光中，折射出他从最是疆山风光美、和光同尘志高远、信美守静诗春秋、唯有沉默诉真情、朵云深处是故乡、风月同天细思量等6个方面的思考和探索。《时光棱镜》是他开始诗歌创作以来的一次总结、一次集中展示，其中一系列新疆题材的作品很值得探讨。众所周知，新疆在我国的文化宝库里占有重要的地位，而文学在其中一直扮演了重要的角色。新世纪以来，以沈苇为代表的一大批青年诗人立足新疆，创作出具有深远影响的一系列佳作，正是在这样的文化土壤下，唐兴义再次作为一粒文学的种子破土而出，呼吸着新时代的空气平稳成长。而扎根于新疆的唐兴义，比以前更有机会探视、感受、思考、理解、书写新疆的全貌。新疆自古以来就是祖国不可分割的一部分，悠久的历史和璀璨的文化是中华文明的瑰宝。近年来，作为丝绸之路经济带核心区、文化经济辐射桥头堡的新疆，民族团结发展进步，依法治疆有力推进，各族群众的获得感、幸福感、安全感不断增强。因此作者对这片土地充满向往，怀揣着超越时光的梦想，积极参与其中，于是诗人的笔端常常流淌着时代发展的光芒。

对人和社会的全面关注，是唐兴义诗歌创作的主要内容之一。而文艺是鉴照社会、人性的显微镜，它存在的意义、价值，不是从宏观上记录某些历史现实，也不用像纪录片那样全面呈现诗中提及的事理。但它需要一个能总揽全局的切入点，需要一个独特的视角，以个体情感为主的表达方式。当然，这对个体的洞察力、感知的敏锐度都是一种考验。正如在日常生活中，当我们面对某些棘手的问题，面对某些难以理解的现象时，只有冷静分析、层层分解构成它们的那些细微的部分，最后才有可能与问题的本质会师，找出一个对应的机理。或者像指挥家捷杰耶夫、小泽征尔那样，透过肢体语言，引领整个乐队完成演奏；或者像某些音乐人那样，透过被音符加冕过的那些细微的声音，传递他们的心声、传递他们的美学观。或透过声音构建他们与世界、与自己的交流相处方式。现在作者立足于新疆这片集多元文化、地域特色、历史记忆、社会大发展于一体的文化沃土上，在工作中、在生活中，从新疆丰富多彩的现实中、从点点滴滴的变化间，用诗歌的方式提炼现实困境中的人性光辉、生存哲学。同时用诗歌的方式揭示人的意识情感的归宿，概述对不断升华的生命本质的感悟。唐兴义诗中的父辈、树木、村庄、农田、月亮、山川、河流、荒漠等，一同构成了一个系统意象，透过系统意象这个"棱镜"，我们很容易剖析出世间万物之间相互依赖、相互影响的微妙关系，而人类自始至终无法摆脱这一点。比如，在《农民》中，作者这样写道：

> 那条炊烟一样的乡村土路
> 拴住了他的大半辈子

从《时光棱镜》收录的这些诗中，不难发现唐兴义的诗具有与传统性一脉相承的探索性，也就是说他是一个具有革新精神，追求现代性的写作者。难能可贵的是他把传统性与现代性之间的关系把控得很好，既不像那些极端的所谓现代诗的追求者那样，为了捍卫所谓的前卫性，而几乎抛弃了传统诗学的基本精神，也不像墨守成规的那些传统诗的绝对守卫者。他明白：生来死去这是自然规律，任何事物一旦失去了革新的动力，被淘汰是无法改变的命运，但脱离了根系，过度的以个体化、庸俗化为中心的诗歌革新犹如空中楼阁，同样不会有生命力，但它带来的消极影响却是很大的，正如诗歌评论家谢冕先生说的那样："大面积弥散的平面化和无深度，极大消解了诗的价值和意义，不仅是崇高的命题受到冷遇，甚至连传统的优美和抒情性也变得遥远了"。读唐兴义的诗时，从那些看似普通无奇的日常中，很容易读出令人惊讶，久别重逢似的新异感，这构成了唐兴义诗歌的一大特色。在《最亲近的沉默》中，作者写道：

> 五年间，一切都变了
> 唯一没变的
> 是我和父亲之间
> 最亲近的沉默

唐兴义是一个责任意识和使命感极强的写作者。他的那些写人民群众生活现状和奋斗精神的诗，充分反映了他的人文情怀，以及"先天下之忧而忧，后天下之乐而乐"的忧患意识。显然，这与他的成长有关。

唐兴义出生在河西走廊上的一个村庄，他是在与荒漠交织的环境下长大的孩子，经历过过多的风风雨雨，因而家乡的一切在他心中留下了刻骨铭心的记忆，而初到他乡，每当仰望星空时，难免会发出"月是故乡明"的感慨，这时这些记忆在他的诗中像融化了的冰雪汇聚成的涓涓细流一样复活了。是的，他对家乡那片养育了他的土地爱得深沉，他的诗中也常常穿行着家乡的身影。在《根》中，作者写道：

> 双膝跪下去的时候
> 就像一只漂泊四海的小舟
> 咣当一声靠了故乡的岸

但唐兴义这类题材的诗有一个可贵之处，那就是它源于乡土，但大于乡土。他是一个心向远方，心怀悲悯的写作者，正因为如此，他笔端流出的诗意和梦想拓展了他的世界，使他与外界的人、事物建立起了更广泛的关系，甚至可以用衍生的意象重塑时间和空间的顺序，赋予原本的记忆更丰富的内涵，弱化时间的时效性，强化时间的流通性，借此拓展诗意空间和解读途径。这是一个很好的尝试。

另一个值得特别注意的是唐兴义诗的抒情性。细读完《时光棱镜》后，我发现他诗中的很多物象都穿插着人性化的表现，这在一定程度上增强了诗歌意象的新异性和张力，也提高了诗歌的境界。事实上他很擅长幻化式的情感倾诉，透过景物中的"一叶"，或者透过心灵深处不可言喻的感想，直抒胸臆，回应远方的呼唤。在《一颗明珠的哲学》中，作者这样写道：

> 一截被历史半掩着的胡杨木
> 好像一架千年不朽的哲学天平
> 一端拎起千年之生
> 一端放下千年之死

历史学家汤因比在《历史研究》中说："历史是一个不断增加自己

的东西"。但艺术创作不追求叠加效应，而是让人们通过艺术的方式感悟生命的真谛，净化、营造灵魂的空间，提高精神境界。《时光棱镜》对唐兴义来说很重要，这是他这些年诗歌创作的一个总结。读这些作品的过程中，我不止一次地反思：当一个人有了坚定的信仰，诗意地、艺术性地生活着时，还有什么困难能击退他呢？是的，没有什么困难能击退一个有信仰的写作者，他的选择就注定了他存在的意义。在时间面前，使命、社会责任、诗歌、艺术、思想、生命的价值，值得用一生去追逐。最后祝福唐兴义在未来的人生道路上能负重致远，创作出更多美好的诗篇，装点我们精神的家园。

是为序。

永恒故乡中的神性与理性

—— 唐兴义《时光棱镜》序

刘　涛[*]

　　早识唐兴义，是在六年前了。印象中的他，带有一种西部的诗意，却又迥异于新疆本土的诗风。因此，对于唐兴义的诗，一开始就有几分新鲜感，就是那种甘肃大地上的辽阔境界，我觉得这正是我们所希望的。相对于大漠孤烟，甘肃的斜阳更利于诗意的铺展。它们同属于西部，但却又有不同的境界。只是一转眼数年过去了，唐兴义的诗心一直延续下来，并且越发写出更具新疆风格的西部诗，这与他大学毕业后毅然投入新疆工作有很大的关系，足可让人感慨。最近，看到唐兴义的诗稿——《时光棱镜》，无论从何种意义上，都是可说可道的。唐兴义在甘肃凉州长大，与疏附相比，可以说是洋溢着两种不同诗意的西部。我立刻想起风与绿、诗与电，正好是具有互文关系的两种西部。

　　许多人谈诗，都会谈到想象，对于唐兴义的诗而言，仅仅局限于想象是远远不够的，从他的诗中来看，对新疆已然有了故乡的感觉，已然是一个老新疆了。故乡是可感可触的，每一种想象都建立在真实的感觉之上，这一点在唐兴义的诗中有真切的体验。"无限辽远／一只鹰是天空的一颗痣／乌灰色的海洋里／爬着一条绿皮巨蟒／牧羊人和羊群／分明在一幅画里／我从人群中走过／塑像一样收起表情"（《戈壁》）。这种对西部的感觉一旦被他抓住，就能够持续地书写下去，不断地挖掘下去。就像在《戈壁》那首诗中，他写到"塑像"一般的沉默，写到戈

＊刘涛，诗人，新疆艺术学院教授。

006

壁中穿行的绿皮火车，写到"牧羊人和羊群"同处于时间的画框里。这样依托现实的书写实际上是很费力的事，要从眼前最常见的事物中挖掘出新鲜的生活感觉。因此，许多诗写者就选择了跳跃，从一个点跳到另一个点，像蜻蜓点水那样很快地掠过去，显得很轻快。但这种跳跃是一种投机方式，很容易产生诗意的脱轨与断裂。但从唐兴义的诗作中我读到了这种恒劲和执着。像这样书写，你的笔力始终要跟上，你的精神和想象力也要跟上，思想要跟上，把这片土地赋予一片神性，让人去无限向往。古人说"随物赋形"，放在写作层面上说，就是要把你的情感、精力投入现实中去，去深刻地挖掘提炼。都知道新疆是诗的富矿，但每个人都有自己的角度。他的《见诗如面》，"写出怎样的一首诗 / 才能写出真和美 / 写出理性和良知 / 写出一个诗人的模样"，这分明是以诗为证，由生活中的往事，牵发出许多真挚的情感。

我们通常说的诗歌要有深度，就是从对生活的体悟中来说的。生活中有许多不为人们察觉的感觉，如果浮光掠影，就会视而不见。如果满足于浅尝辄止，就不会产生打动人心的艺术效果。唐兴义的诗是传统的，自然、平淡、简洁是他的技法特征，而不是一味追求陌生化、断裂感。这些诗歌创作方法曾经盛行一时。但这两年，随着诗坛的冷静，人们还是逐渐意识到生活真实的意义。由此带来的是陶渊明的回归、艾青的回归。好的诗句也一定是一句一句写出来的，朴素的逻辑，像泉水那样从心头汩汩涌流，这基本是中国人的诗写逻辑。"写首什么样的诗 / 都再也写不进你的眼睛 / 就像记忆多么精确 / 再也忆不起哪天 / 你闯入我词语的围城"（《清净之夜》），他的诗句非常舒缓，节奏平和，不是那种变化莫测、眼花缭乱的书写。相对于现代派，他的诗歌是前现代；相对于各种主义，他的诗是自然主义。能在平淡中追慕高远，能于简洁中展现厚重。他的诗不是掺杂着过多的技法，而是以情感的自然、真实动人。他的《父亲》笔法简练，用的是线条勾勒一样的技法，"帽檐上几条小河淌过 / 生活一再盐碱化 / 叼起烟斗 / 苦和辣尝尽半辈子 / 脊梁弯成月牙 / 还把爱一把一把播撒"（《父亲》）。一些传统的写作观点在他诗中时时体现，诸如融情入景、情景交融。他能化用西部的自然风景来抒发自己的感情，正如王国维所说："一切景语，皆情语也。"这也反映了中国文化的稳定结构。一千多年前，中国诗歌是这样书写的，一千多年后，这种写作观念仍然能找到它存在的依据。而对自然的书写，完全是为了对应抒情的需要，睹物思人的情怀。

作为援疆诗人，唐兴义的诗有一种别样的风格，感情细腻。他有自己独特的视觉处境和观察世界的角度，有自身甘肃诗歌话语的切入点。在唐兴义的诗作中，多了一份对待生活的理性。

> 烟熏火燎的六月
> 我们被父亲额头的一颗汗珠放大
>
> 风自西而东
> 吹淡你数学试卷上的红叉叉
>
> 而我把纸条绑在麻雀身上
> 某个午后
> 随一片白云放飞
>
> ——《想到你的时候》

从本质上说，唐兴义的诗没有脱离《诗经》以来的抒情经验和叙事范畴。他的诗中时而会出现内心的低吟，"写下情字／把他们／写成一首诗／在缓慢散步的夕阳下发表"（《把他们，写成一首诗》）。这是新疆给予他的诗情，他没有张扬雄浑、大气式的字眼，那样的诗现在已经带有口号式的消费倾向。相反，唐兴义的诗倒也与伍尔芙倡导的"小语言"颇为相像，细小琐碎的词语，短促沉默的句式，甚至借助于眼神和手语来强化这种表达。也包括洋溢在诗章之外的余响、画外音，这是一种具有亲和力的语言，它打开了新疆新一代诗人的抒情格局，不再追求声嘶力竭的呐喊，而是让生活去呈现自身所具有的光彩。

在新疆和甘肃两种故乡的滋养下，写诗成为一种存在方式。如果不去写，故乡就不存在，大地阳光也不存在，回家的路也不存在。在这样持续的书写中，有时会耗尽他的故乡经验，所有关于故乡的词语可能在一瞬间被用尽。在第五辑"朵云深处是故乡"中，唐兴义着意要写出一个与众不同的故乡，这里的每一个词语都是他熟悉的，不存在他者。故乡作为一种核心词汇，自古至今承载了多重的文化记忆，是人类永远也写不完的母题。在唐兴义的《时光棱镜》中，所有关于故乡的词汇都是融入身体感知的元素，不具备身体的排异性。甚至一写下这些词汇，会引起连同心跳、体温在内的微妙身体变化。正是故乡，使唐兴义的诗句充满了亲和力，这种能够唤醒身体内部真正诗意的元素，是被称作"元诗"的元素。每个人的生命中都具有这种元素。不同之处在于如何展现，如何构建自己生命意识得以栖居的田园。

当然，对大美新疆的吟颂也在《时光棱镜》占有相当的分量，第一辑"最是疆山风光美"就具有鲜明的主题性。作为援疆青年诗人，新疆风土人情的一点一滴都给他别样的美感。而这种万里为家的情思，就是放大了的故乡概念。在写作中，他逐渐建立了故乡意识，《红枣》《在旷野》等诗歌在一定程度上拓展了他的视域，更多流露出对故乡——新疆的喜悦感。

写作是一种渴望自由的自白

—— 唐兴义诗集《时光棱镜》序

苗 洪 *

所谓的时间，是应该从我不再让他为我剃头的那一天算起，也应该从他第一根因我长出的白发算起。

—— 题记

这是一篇关于一个 90 后甘肃诗人的诗集序言。他出生得太晚，当最后一波中国的后现代印象诗歌流派退出的时候，唐兴义还在读小学。没有了流派的中国诗歌，却并没有出现任何的断层。依然繁华依然茂盛。中国的诗人们决定，或许没有流派标签的中国诗歌更加自由。而在唐兴义看来，自由就是诗歌永远的流派主张及模式。事实上，世界上没有任何一个诗歌流派能阻挡得住诗歌自由的脚步。我们的诗歌或许不再苦苦追求语言的绝对化。正如整个世界文学创作的语言趋势一样，没有任何姿态的语言就是最先锋的文学语言。

《时光棱镜》的语言是没有态度的，但却是立体的。这是唐兴义诗歌语言的主要特征。当令人震撼的语气被没落的时候，而最终能够替代它的就是语言的折衷。《时光棱镜》给我们展示了一些关于时间、记忆、人物、人性、情感的碎片，而这一切正是我们在诗歌创作中所不能权衡的一切。而在此情形之下，我们乐意出版这位年轻诗人的诗歌。他虽然

* 苗洪，人民网特邀评论员，诗歌专业评论员，见诗如面首席评论家。主要从事各类文学作品的评论工作，长期受聘于海南人民广播电台社教节目，担当主持人。应邀为诗人李天靖、商震、帕男，作家陈忠实、贾平凹、刘震云、周啸天等创作过专题评论。

趋向于精致创作，但凹凸的文字却处处引起我们阅读的深思。

唐兴义给我们带来了他的诗集《时光棱镜》。时光亦是自由的，正如唐兴义的文字。枣树几乎是唐兴义出生地的一道古老而固定的风景。甘肃的枣树在成熟的时候就是一幅印象主义的水墨画作，点点深红是枣树的灵魂与它的全部。它或许代表着当地的一种人文，也可能是老人歇脚的地方。而旧口琴的旋律是低沉的，斑鸠的啼叫，一曲由沙粒、石头和芨芨草的合唱。语言是淳朴的，却是惊心动魄的。无论我们的语言走到哪里，用沉默替换孤独去听懂锯齿和洪水的高谈阔论。唐兴义的文字在表达并存储着抽象的时光，但是却并非为抽象而抽象。被伤痕封存在苍白时光里的昔日爱情，终于会化作一条文字的小河为我们奏响秋日小调。

我们阅读着唐兴义诗集看似曾经熟悉的语言，但是，他毕竟是一个年轻的诗人，一个大学生出身的诗人。他不甘让时光轻易流失，他希望用文字留驻时光。他仿佛给我们带来了一种新的信息，诗歌正在被他们这一代人所创新。而这种创新却又实实在在地以传统诗歌的气息为基础。我们因为基础而无法走得更远。这就是关于传统诗歌与现代诗歌的剧烈碰撞。我们不准备在这里把唐兴义的诗歌进行着一定程度的拔高。因为他只是一个普通的凉州孩子。当西风飘过，信天游却在这证明我们对自由的奢望。我们似乎是在这里可以把唐兴义的诗歌理解为自白风格的诗歌。因为他在解剖时间的同时，也在解剖着诗歌，解剖着自己。在《小亚郎湿地的风筝》里，他在解剖自己的童年；在《喀什麦趣尔》，他在解剖着关于人性、本性、善与恶的价值判断。《时光棱镜》不是百科全书，是时间的专属辞典。因而，具有独立注解时光的意义。

原生态的诗歌意境，原生态的诗歌语言，原生态的诗歌精神，正是唐兴义诗集《时光棱镜》所追求的文学本质。当时代再次把文学的人性本色提起的时候，我们的诗人或许正在准备创作一些更加深刻的诗歌主题。世界上没有平凡的诗人，只有平凡的诗歌评论家。或许我们的诗歌评论家正在以一种缺乏深度的评论方法去评论中国的现代诗歌。在诗歌里，唐兴义解构了一些关于灵魂深处的东西——"失眠的残渣／即将被黎明过滤／饮下那碗汤汁／灵魂的内伤能否痊愈？"诗人的询问被迫成为灵魂与文字的呐喊。这或许是唐兴义诗歌的精彩所在。

而这种精彩，是除开了一些关于写作技巧之外的东西，我们把它叫作灵感或天赋。时间是什么？在时光棱镜里，时间就是那一瓶瓶10度的怀念，醉在历史高脚杯中的酒泉，燃着柴油奔跑的绿皮火车头及其8月9日下午6点。诗人的觉悟就是，翻阅过雪山、戈壁、绿洲等书后，我突然明白了什么。疲惫之风自翅膀而起，吹走我多余的感悟。唐兴义的诗歌是青涩的，在字行间，那些年轻的痕迹无所不在。或许这种不成熟的痕迹，真是证明诗人年轻的标志。而我们创作这篇序言的目的，除了表述一些关于《时光棱镜》的特点之外，还有它的探索意味。最关键的，他有意避开了一些文艺化的诗歌叙事。很明显，唐兴义还有意在从诗歌的口语倾向中提炼出那些与事件有关的写作元素：第三中心小学门前一个眼神布满童真的孩子，被上班时间催得骑电动车火箭一样快的女人，被岁月染白胡子步履蹒跚的克里木老人，以及把一生像馕一样贴在馕坑上，烤出幸福生活的买买提小哥——这种描述不是尚义街的翻版，而是对他的背叛。因为唐兴义不想让琐事成为叙事。

时间是抽象的，但却不是空洞的。它需要我们去为时间的存在设计一些客观存在的事物。在《毛驴车记》当中，我们看到的是一匹被赋予了灵魂的毛驴。巨大的隐忍被时间着上黑色，"从灵魂的跺脚声中／饮尽这多事之秋／再一次附身苍茫"，但见毛驴车驮满的丰收和忧郁。而在《当明月盛满酒杯》里，乡愁的情感被无限放大："烈性的乡愁穿过肉体／穿过我不分昼夜的巴格生活／无限延伸，三千公里的失眠／被一个布满岁月的村庄沉重笼罩。"而最为突出的是，在唐兴义诗歌的时光轴里，我们看见了被他称为父亲的那个诗歌人物。

他在见证着我们过去，今天或者未来发生的那些场景："拨亮那盏吃油的马灯／歪歪扭扭的烟缕／熏黑过童年／熏黑过我和父亲多年的沉默／风啊，请你住手／别再摇晃那根天线杆／14英寸的雪花足够使／我和姐姐之间的冷战加剧／种种珍贵的记忆是因为那些已经过去的岁月沉淀而来。"唐兴义用一个90后的诗人嗅觉及敏锐的判别力，似乎是希望在时间里证明生活的存在，生命的存在，永恒及短暂的存在。他试图把自己写进这首诗里，用哲学思想构造头颅，用美学理论勾勒脸框，摄影学的眼睛、语言学的嘴巴。

唐兴义诗歌的时光轴是沉重的，不仅仅是见证着时光，也见证着时光路过的那些地方及具体方位：凉州、河西走廊、丝绸之路、塔克拉玛干沙漠、喀什、叶尔羌河、喀纳斯、帕米尔高原——不知道时间的存在是为了证明这些地方的存在，还是因为有了这些地方时间才得以存在。这是唐兴义充满辩证色彩的一个方面。而为了表明这种辩证的存在，他在诗歌中导入了许多类似哲学的意味："我蹲在高处阅读／和低处的沉思者一样／对生存哲学存有疑问。"这或许就是《时光棱镜》创作的最初动机。而唐兴义的这种语言风格，也可能孕育着将来某个诗歌新生流派的诞生。

此为序。

目　录

第二辑　和光同尘志高远

第五辑　朵云深处是故乡

第一辑

最是疆山风光美

红　枣

萨依巴格的红枣熟好了
那时，硕大的夕阳
也是其中一颗
乌鸦从命里背来漆黑
一片，落叶低鸣被风
当作抒情的琵琶

静立于深秋的红枣树
是土壤伸出的一只只手臂
它们相互搀扶、取暖
一排一排，一片一片
守护起边疆百姓的饥寒
和炊烟

旧口琴

窗户虚掩着
你的消息
清风一样拂面而来
分别的这些年
我终于从我执
与执我的刀尖上挣脱
而那把旧口琴已经失声
仿佛替我们
咽下了什么

清　净

我已不再聆听风之手
弹拨树琵琶和电线古琴
演奏的乐曲
也不再用一粒粒布谷声珠子
编串童年和乡愁
在疏附的这些年
我渐渐学会和自己对坐
习惯用一个人的清净
打扫堆积在身体里的忧伤

林　间

穿行在人民公园林荫小道
是放空自己的最好时刻
来自工作的疲惫
像林间薄雾
在高一脚低一脚的虫鸣声中
一层一层被洗去
用啄木鸟挠头的老柳
仿佛若有所思
斑鸠的啼叫
把麦穗轻轻拎起又放下
静观一只蚂蚁赶路
它的忙跟我的闲
瞬间稳住了生活的天平

戈壁写意

在戈壁滩上
火车轨道就是一把刀
也是一条河流
把骆驼和牧民的心患
一分为二

西北风的强劲步子
踩响荒漠的琴键
一曲由沙砾、石头和芨芨草的合唱
一遍遍把戈壁擦亮

牧羊人
好像忘记了世界
他坐在羊群扭过的云朵下
用沉默替换孤独
一只鸟疾速飞过
羽毛的轻
拨动他的沉重和疼

梧桐树

梧桐树立在那里
就是一支蘸满四季的水彩笔

风总是借它书写
春夏作山水，秋冬练书法

每年都出佳作
每年都有败笔

而我靠着这支笔，始终
未听懂锯齿和洪水的高谈阔论

在旷野

石头挨着石头
像千万个你
挨着千万个我
雨天我们一起痛哭
雪天我们一起取暖
等羊群云朵一样赶来
我们再听那曲《十二木卡姆》
那时候两颗心扑哧跳动
仿佛就能颠倒一切去相爱

小　径

绕着小径走几圈
仿佛能走向另一个自己

条凳上永远坐着小情侣
他们对周围事物毫无知觉

一片梧桐叶飘落的慢动作
被目光快门极力挽留

老人们步履蹒跚
道路的长深邃而辽远

中元节速写

八月无果，花朵
是熄灭的火把

夜幕拉下大网
捞起一枚银光石头

多少人在今夜怀人
就有多少故事泛滥而来

而千里之外，我只能在
一片落叶上书写清秋三行

车过吐曼河

雅尼酿出的《河西走廊之梦》
果然是一壶好酒
它一遍遍灌醉我
灌醉我漂泊无依的春天

吐曼河在三月
是一位清瘦且又安静的母亲
她用温言软语漫灌喀什
用千丝万缕细流守望儿女

春风喊醒睡熟的沙尘
一场风沙之舞潇洒而来
仿佛是大自然在即兴作画
天地瞬间被着上朦胧色

出租车驶过吐曼河大桥
一部六年厚的爱情
被伤痕封存在苍白时光里
往事如昨，往事如昨

疏附春

风从风中苏醒
泥土睁开紧闭的眼睛

二月的更衣室里
万物悄然换起了新装

归燕一声呢喃
瘦了河流，肥了山坡

长夜里我搬来汉字石头
设法砌出语言的春天

喀什图书馆

在图书馆坐上一个晌午
和灵魂到一本书里旅行一趟

窗外，一片叶子
蝴蝶一样悄然落地

风，自沉默的帕米尔而来
带着坏脾气喊醒午睡的三叶草丛

沉浸在墨香和诗意的田野里
一条文字的小河为我奏响秋日小调

张骞

带上你的行囊
牵着马匹
在大漠的瀚海里
把西风饮下
河西走廊
这条
砌满你青春的路
通向王道
通向千百年来
你的一片赤诚
和壮志凌云

小亚郎湿地的风筝

总是把我牵回童年
总是把村庄扯入童话故事

犁铧拉伤的春天
被一株株禾苗偷偷治愈

羊群歇在夕阳下
把黄昏嚼得津津有味

湿地上追风筝的孩子
呼声里渗出一丝带笑的春意

一　天

猫头鹰总是在黎明时刻
高一声低一声诉苦

乌鸦乔装打扮
喜鹊一样跳上墙头

怀孕的药葫芦
挺起大肚子沐浴秋风

身披月光，我才
读懂疏附原生态的一天

喀什麦趣尔

除了写几行冒汗的句子
似乎没有什么更适合我
咸味十足的词语
一滴一滴从心底渗出

在喧嚣的喀什街头
我尝试把束缚写成滚雷
那轰隆隆的抒情
最能证明我对自由的奢望

越来越多的无所谓
洪水一样在我的世界泛滥
无所谓爱，无所谓恨
无所谓钩心斗角和喜怒哀乐

或许，在社会这个熔炉里
每个人的棱角都将被抹平
但流淌在骨子里的本性
终会使每一个灵魂别样出彩

夜　叹

这夜，分明就是煮沸的
半锅中药

失眠的残渣
即将被黎明过滤

饮下那碗汤汁
灵魂的内伤能否痊愈？

驰骋在南疆旷野
我必须蓄势待发

毛驴车记

巨大的隐忍被时间着上黑色
月光一撇
画出人间最美的乡愁

酌上一壶不堪回首
从灵魂的跺脚声中
饮尽这多事之秋

诉苦者何止老声凄厉的鸮
那抬高秋天的雁翼
还抬高了什么？

再一次附身苍茫
毛驴车驮满的丰收和忧郁
将我的细密心事重重放大

新的一天又开始明朗起来

风抓起沙土肥皂
大把大把撒向天空那块布
然后浸在夜色之水中
搓呀，揉呀，捶呀，拧呀
整整洗了一夜
脏了许久的天空
终于被洗得瓦蓝锃亮
我披着一身惭愧
站在疏附的某一天
害羞的太阳温柔尽失
而新的一天
又开始明朗起来

当明月盛满酒杯

烈性的乡愁穿过肉体
穿过我不分昼夜的巴格生活
无限延伸，三千公里的失眠
被一个布满岁月的村庄沉重笼罩

拨亮那盏吃油的马灯
歪歪扭扭的烟缕
熏黑过童年
熏黑过我和父亲多年的沉默

风啊，请你住手
别再摇晃那根天线杆
14英寸的雪花足够使
我和姐姐之间的冷战加剧

醉了也好，疯一点也罢
可清醒的醉酒者
千万不要关上
那扇装裱明月的窗

和　静

我想在戈壁
把风沙收集
在一个恰当的时刻
还给城市
还给钢筋和水泥
也还给一双双黑色的眼睛
昨天，那些占据心灵的魔鬼
和镀上虚伪的面孔
用丑陋的铁嘴，铜牙
啃食平原，盆地，丘陵
最后，我们的心脏开始狂跳
眼睛充满恐惧
世界在那一刻沸腾
我们登上月亮
幻想和星星为伴
在银河里摇起温馨的小舟
但梦只是一个骗局
我们注定受骗
也许，像我一样
根植戈壁，根植沙漠
才是给明天
最好的交代

美的底蕴

花在打开花瓣时
一定是疼的

这疼扯着黎明
也扯着黄昏

花　韵

别在你发际的那朵
年年都在盛开

别在我心头的那朵
年年都在凋谢

跟过羊群，翻过山坡
吹给你的那曲短笛

高音跟花呐喊
低音随花彷徨

鸣　春

它在繁花中鸣了一声
仿佛风摇了一阵花朵的铜铃

它站在枝头像个领队
口令一发，万朵齐暗

当它替春天喊上一嗓子热闹时
春天已成为一本旧账

它落在窗前又鸣了一声
我才走出物极必反的哲学

乌鲁木齐时光

暮春。风筝还牵着童年
我们已挤进中年、挤到瞬间破防

青涩这种赞美，是奢侈的
好像幼儿治愈之微笑

雨雪在窗外积攒
我们在微光中融化

当那朵百合睁开眼睛时
一阵清香漫入想你的时光

丁香花开

香味渗入时光
忧伤已变得清淡

我走在天山北坡的四月
一些美，开始绽放

比如，文字浮动
像预报天气的蚁群

诗歌在命里含苞
语言替眼睛发现爱情

寻　美

一定是花朵遮住了什么
掉落的那一瓣一定也带走了什么

那些被忽略的半朵
那些雪一样铺开在眼前的
多像灵魂的碎片

美就住在丑的隔壁
而感情生硬的我
总习惯把你一笔带过

从艺术馆到鲤鱼山公园

难得放空的小日子
我们畅游于艺海

线条无语
勾勒出美的内涵

歹歹之于某某
恰如黎明之于黄昏

花开无声
谈笑间点燃暮春

旧书摊解开时光之谜
我们又该回到钟声的宿命里

七月之歌

让汗水和泪水重叠
苦和疼痛交织
我走在忍气吞声的年轮上
锋芒一次次向柔弱低头

两个反义词的中间
我发现辩证刀子
撩倒肉体的同时
又把精神之柱扶起

七月从不确定中析出确定
七月用一滴汗击垮一匹烈马

中湾街 388 号

在乌鲁木齐
我和最后降落的一朵雪花
寄居此地

雪的厚度
未曾压住思乡之热度
白雾从内心腾起

围院静走
如走光明仕途
每一步都谨小慎微

月坠星移，一纸面的文
终于放下脾气
我才躲进时间的拐角

第二辑

和光同尘志高远

注射天空

在滨河路上行走
车流是另一条黄河
只不过颜色比黄河复杂
只不过速度比黄河凌乱

一个人的疲惫
被额头的汗珠放大
我走在两条河流之间
风停下脚步，太阳把脸贴近地面

千万束光芒涌入
兰州，这座城市
像一口大锅被高高架起
煮沸的人群四散而去

天空病了
移动铁塔举着注射器
分分秒秒把信号的药剂
注入它的身体

戈 壁

无限辽远
一只鹰是天空的一颗痣

乌灰色的海洋里
爬着一条绿皮巨蟒

牧羊人和羊群
分明在一幅画里

我从人群中走过
塑像一样收起表情

开在花骨朵里的四月天

那分明是一团烈火
被高高举上枝头
发出的光
是一抹淡淡的清香

我平静地路过草地
一只只嫩黄色的小眼睛
被清风的手搓揉着
睁开又合上

群楼静默
寡言者陷入沉思的沼泽
天空被一只风筝拉近
又放远

我借一棵丁香树
把四月所有的心事掏空
黄昏赶着马车
劫走父亲迟疑的耕植

见诗如面

写出怎样的一首诗
才能写出真和美
写出理性和良知
写出一个诗人的模样
在我意识的字典里
那些活灵活现的词语
都是一张张
诗歌的脸构成器官
我试图把自己写进这首诗里
用哲学思想构造头颅
用美学理论勾勒脸框
用摄影学的眼睛、语言学的嘴巴
以及灵敏的鼻子和耳朵重塑脸蛋
心想，这样一来
被诗化过的脸蛋颜值一定很高
一定极具一个诗人的气质
可最终却发现自己依然旧时模样
这首诗也素朴如此

远处随想

光线铺开的那条路像一支银簪
别在黑夜的发髻

楼群的森林里
渗透了城市的呼吸

黄河是一条变色围巾
挂在兰州的脖颈

我走出图书馆
歌谣唱响，风弹奏着树叶

天黑下来，一场雪恰逢其时

雪花落下来之前
空气冰凉，天地旷远
秋风不舍的脚步
还在树林和落叶上徘徊

那一只只可人的黄蝴蝶
在深秋的田野里翩翩起舞
大雁用致谢大地的方式
一撇一捺把乡愁写高写浓

不痛不痒的十月
多次向我抛出欺骗的诱饵
意外的砝码打乱心灵的天平
灵魂在现实的重压下摇摆不定

生活举着时间的利刃
一步步把我逼向十月的悬崖
我抵抗着比寒冷更冷的命运
天黑下来，一场雪恰逢其时

忏 悔

凌晨一点 夜深得
像我童年时的那道伤口

无知的刀刃
逼近命运之喉

罪恶在记忆中萌芽
要活，就得接受折磨的宠幸

年龄里开出几朵恶之花
灵魂被一遍遍洗礼

慢节奏

世界读书日那天
我独自一人漫步在村子里
我阅读花香，春风
和父老乡亲耕种的麦田

喜鹊和布谷鸟的鸣叫声
被谱写成一首曲子，清风徐徐
一遍遍从树林深处传来
慢慢地渗透了父亲额头的汗珠

施肥，铺地膜，种玉米
蹲下去站起来，无尽的重复
日子绑在农活中
这是乡里人土生土长的命

这些年奔波于都市
偶尔，一粒灰尘会使我慢下来
在快节奏的生活里
慢下来是一种情怀

河岸右侧

一只玉盘子
端坐山头
把萌芽的春风
呈上
城市躲进一束光中
有人把疲惫
塞进枕头
搂住一床清梦
入睡

呐　喊

雪地稿纸上
乌鸦是谁泼下的墨

作画者是一股烈风
还是一阵钻心的饥饿

穿行在边疆雪原
有种冷比蛇血还冷

文字材料里的严寒
一夜一夜在蔓延

熬过宿命的酷刑
我要用喷火之笔撰写人生

河水上涨

再往上
雨水就会彻底破产

黄河咆哮
竟像十年如一日煎熬

泄下来，心事如昨
一个人的顽疾把夜空誊写

完全吻合的笔迹
是提起灯笼远行的执着

猫头鹰从凄哀的朗诵中
道出黎明和白昼的些许约定

反　思

钟表一样嘀嗒着的心跳
在深夜里愈加清晰

思想的触角开始攀爬
一面关乎存亡的高墙

词语码起的人类文明
乘上流星一样的飞船

我要退回一场梦里
退回唐诗宋词的起承转合

砸墙记

那堵墙
咳嗽了一声

它沉浸在残阳里
像一位风烛残年的老人

命运之风刮来的锤头
一粒一粒砸进它的身体

跌倒在大地的怀抱里，摧毁
对它而言不过是又一次重生

过完一天紧凑的小日子

夜幕慢慢降下来
躺在床上
一个人听歌，思考，发呆
日子总是这样
不紧不慢，而匆匆忙忙的影子
长了，短了，又长了
突然有了苍老的感觉

忘了秋天

以怎样的姿态
我才能在枯黄的岁月里
数清你的硕果

当你从枝头跳下
当你从花朵里褪去
我站在山顶
看着你，向我挥手
叶落致意
白霜素染
一座河流横穿的城市里
灯火通明

行路的人裹紧嘴脸
带着你的肃穆、庄严
还有沉默
——走散，消失

借 春

请把含苞待放的诗句借给我
请把娇羞动人的抒情借给我
请把三月的第一只眼睛借给我
请把蝴蝶挥动的笔杆借给我
让我在三月的稿纸上涂鸦
在三月的清风里说话
三月是一支短笛
吹响故乡萌动的心跳
三月，父亲喜欢借
借春风，借细雨，借土壤
借一年里的第一把粮食
把五口之家的幸福
播种

曾 经

河西的夜黑得像可乐
灌醉月亮的却是啤酒
打开一杯醒目的茶
漂在他乡的游子失了方向
随一场雪的降临
怀念，被雪花浮起
站在雪地里的那个人
终于比我矮了半截
那年冬天
手套是一把利刃
棉帽是一块盾牌
雪地里战火连天
再将十年前的火炉点燃
再将十年前的白酒重温
温暖一只手掌的茶壶
吐出辛酸苦涩，和春风得意

雨中沉思

有那么一刻，我屏住呼吸
在略显潮湿的街道
白云尽失，天空像一个补丁
缝补住三月的窟窿

叮叮当当，叮叮当当
我听见从屋檐
弹落的珠子
在欢快地唱着歌

窗前，微醺的空气
把知了的嗓子滋润
世界沉睡在婴儿的梦里
一抹新绿装饰着梦境

远在沉睡的古寺
被一声声钟声敲醒
翻过山头
木鱼诉说着尘世的前因后果

三　月

还未醒来
一只只清脆的风铃
便把蝴蝶和蜜蜂
召集

一场关于播种的会议
在响亮的春风里
自东而西
被燕子
以敏捷的身手　传达

千家万户
从鞭炮声里走出来
从年味里走出来
走向一片荒蛮
走向第一棵新芽

在南墙根里
二叔的旱烟锅子
打理着一年所有的心事
一缕一缕
井井有条

偶尔，邻居家的妞妞
甩着羊角辫
唱上一句
世上只有妈妈好
月光
突然格外温柔

渴　望

我渴望语言之神　眷顾我的抒情
就像
两片嘴唇在灰色的海洋里
渴望一滴露水
一再遭遇风沙和阳光的独爱
文字睡熟
灵魂啜泣
我渴望一首诗歌
在语言的黑夜里
点亮美学灯盏

清　晨

不远处，站着棵柳树
被细雨洗得发绿的枝丫
低洒春风里
把四月的心事晃荡

投向一座苍山
投向一枚新芽
生命的光
擦亮衰败之幽暗

三叶草探头张望
多情的花蝴蝶是否来临？
鼓足勇气把三行情诗
写进一生的微笑

再远处
牵着宠物狗的老人
像在寻觅，像在怀念
更是在渴望

等　待

风过西域，黄埃散漫
你还是被戈壁深处的玫瑰唤走

一行温暖如春的留言里
熠熠发光的是那句藏刀的等待

刀割黎明，刀割黄昏
刀割一个人的孤独和茫茫黑夜

我曾多次借来月亮镜子
照见自己，也想照见修行的你

隐隐作痛

给夜里的风扣上一顶帽子
让敲打窗户的那只手停下来

这样我才能静下来
把往事一一剥开
像撕破旧物，童年
被几架纸飞机捎向远方

沙枣树下，老牛
把一晌午的时光和草料嚼进胃里
时间那么慢，日子那么长

捅　破

风捅破窗纸
夜受伤，月光正好

美捅破四月
花凋谢，春光正好

现实捅破理想
心滴血，平淡正好

你捅破我
伤口泛滥，微笑正好

我能否就这样睡去

在露水漫浸的秋夜里
翻过一页风雨江山之后
我能否就这样睡去
不担忧柴米油盐
不在乎喜怒哀乐
不考虑生和死
不心疼苍生疾苦
不痛也不悲
像书架里的旧书一样睡去
像茶杯里的凉茶一样睡去
像星星凝视着月亮一样睡去
像风之手摘下的最后一叶深秋
躺在第一朵初冬前悄然睡去

放下之后

用一粒尘埃的虔诚去体悟
人生，还有很多可能
风起的时候
一片落叶在朗诵
所有季节里
陈旧的诗句和酸涩

用一缕炊烟的厚度去掂量
乡愁，让失眠更加沉重
离开故乡的岁月
被他乡的无奈
熏得或枯或黄

用一抹残阳的平静去思索
存在，只是意念的归宿
月亮放大的夜空
一双眼睛
可被淹没可被忽略不计

用时间把时间更替
用灵魂把灵魂灌醉
命运之手
伸向醉酒的天地之间

大　雪

一片雪花的轻
砸伤一颗心灵的重

凉州
一夜过去就老了

一只脚伸出来
零碎的友谊珠子般散落

我该如何去辨别
这纷纷扰扰的世事

独　白

在夯实厚重的黄土地上
我凭借一支粉笔，两袖清风
不敢说是塑造灵魂
但足以称得上良苦用心
没有知识的父亲
一辈子奔波于煤矿、田间
我体谅他睁着眼不识一字的苦和痛
我更崇拜他对好日子信念不灭的坚守
母亲读得懂我写的日记
第一次说妈妈我爱你时是在一封信里
她看到了那三个字
她什么都没说，更加沉默
姐姐刚刚有了一个小孩
说名字由我来取
我翻遍宝典，找了取名大师
最后，他奶奶说就叫：起名
我飘浮在兰州的一阵风里
怀揣着舞文弄墨的闲情雅致
一想到毕业就心慌，失眠
年纪轻轻白头发就要将我绊倒
在大西北西北风的陪伴下
那些接近又远逝的
那些或有或无的
那些是什么不是什么的
都在我生命的长河里肆意摇曳

教书育人

太阳还在村庄后背
黎明尚未走远
可是孩子们
我不想多说什么
并不因为无话可说
怀念曾经挑着火把，钻进鸡鸣声里的勇敢
路那么长，一不回神
母亲的荷包蛋已冷却
如今，我焐上热炕睡意蒙眬
唤醒我的，居然是敲门的学生
摸黑赶路，摸黑探索
我如何赶路，探索什么：生存，信仰？
打开一本十年前的课本
就像打开时光的侧影
有趣风味，醉倒你的可能是
一行歪歪斜斜孩子的笔体

考试结束

考试结束，回家
兰州还在一场梦里
葫芦丝里柔长的黄河
被一曲故乡抛远
东风牌的车头，多年奔波
累了，老了，赶不上点了
半山腰放羊的老汉
沉默于西风玩耍的一棵枯草
搭在白杨树上的乌鸦窝
像是时间丢下的一只草帽
塞满积雪的山沟
几只野兔前来取水
风就凝视了一眼
岌岌挺直腰板，热情挥手
在西去的列车上
我想能走得再远一些

我要解释

点一首歌，单曲循环
接着旋律
我要重新解释
人生和这个荒唐的夜
寒风钻进一棵树的心脏
脱落的季节
在一道道皱纹里呻吟
伸出一双手，揽回
一枚缺水的月亮
有个人
今夜注定失眠

我们的时代

这个时代
艺术在一片荒野出生
浑然天成的诗歌
是一片落叶在秋天的哭泣
我不想多说什么
那些孤独在云颠的雄鹰
足够把世界看清
我只需要一份清静
在 2 号公寓楼的第六层
疼痛和忧伤灌满一双眼睛
天涯尽头的那颗星星
望断了一条光明之路
夜啊，请你苏醒
太多的沉睡
只会让我走失于美梦

孩子，你不一定非要写诗

孩子，夜深了
请把漂泊的心
打捞
晾在月光下
借着秋风的豪爽
治愈你心口上
岁月留下的创伤

孩子，你要明白
爱，它是个谜语
我们猜无数次
还不如猜一次
孩子，你长大了
头发会白，皱纹会深
有一天，你将离开
但你还要长大
其实，催你长大的
还会让你变小
孩子，别哭
你不一定非要写诗
你看街道里的人群
他们多像挤在白纸上的黑字

烦心的事

烦心的事
请你走远
夏风还在
我不要冬雪的严寒

烦心的事
请你走远
青春还在
我不要年老的哀叹

烦心的事
请你走远
希望还在
我不要失望的嘴脸

烦心的事
请你走远
情义还在
我不要利益的瞎眼

荔　枝

想到那颗荔枝
我就想到
当年
累死的马匹和
被放大的美

一再远去的
依然远去
长安的驿站
六月就塞满
战马

我懂虚伪
也爱美
但我不贪恋爱情
我只深爱我的城堡和
天下的百姓

认　清

欲望
只是让我陷入黑暗
欺骗
却让我认清真相
那些蒙蔽双眼的疑云
在风雨过后
从不曾留下痕迹
我把眼睛探入黎明
黑暗的尽头
不过是时间的坟墓
我以为新生的太阳能把万物唤醒
其实，我错了
在那杯咖啡里
甜蜜已被苦涩出卖
诚信和善良
再一次败于浪漫之诱惑
没有粮食
我不怕饿死
为了让清风过岗
我宁愿低下头颅

五月一日

清晨
打湿期盼的细雨
和一把伞
等待你的归来
六点
丢去思念的信物
和一首歌
奔向你的车站
我在无声呼唤
列车载回了昨夜的梦
细雨纷飞时节
你沉默不语
未抓住你的倩影
时间便送离你走远
我开始一个人流浪
和你送我的微笑
一阵小雨后，天开始放晴
几声汽笛好像是拥挤街道里的
几片叹息。不是我焦虑
这里有我担忧的许多事物
比如宝马，比如奔驰，比如一辆路虎在人行道上横行
比如一个人漫步于一盏红灯的眼下
交通员戴上警帽，吹起了口哨

我不想过多地思索
一群人拥挤
是不是灵魂丢失的，现场
那个人，为什么沉默寡言
那个人啊，自己流浪了一个上午
眼睛和双脚，被太阳
慢慢合在了一起

关于梦的思考

沉睡一夜之后
许多怪异的梦
在额头添了一道新辙
我从六点开始洗漱
天空被帘子遮住
水杯里盛着半杯昨天的柠檬
那张桌子上堆满懒惰
一双眼睛看透了生和活
打开沉默
天边的云红过血液
我踮起脚尖
山后码着厚厚的唐诗宋词
脚步在尘埃间穿梭
喘气的肺被石头堵塞
合着颈部的汗珠
我向太阳深情地呼唤

背起故事

肩头的行囊
装满昨天的狂妄
和灵魂一起流浪

路边怒放着无名的花
多少脚步悄然驻足
而你写过的诗
只有我一个人懂

耳机听懂了我
昨日在风中重现
我也开始哼唱
像蜂儿一样去采蜜

或许在下一个路口
我蓦然回首
绿灯下一朵微笑
优雅却又不失潇洒

关于诗歌

历史中丢失的海子
幸福、洒脱和愤恨
二十五个春秋后
依然开在三月的枝头
一个明朗的午后
清风拂过河床
杨柳舒展开长发
蝴蝶掀开我的梦
青石板沉默许久
一只脚印打开了话匣
昨天的昨天刻在心上
伤痕仰望着沧桑
故里的老牛
播绿了山腰
大伯的烟斗
揣测着秋后的粮仓

曾

那个国度
没有哲学
烈火
洪水和猛兽
是星球的王
没有羽毛的鸟
飞得比天空还高
侏罗纪的云烟
穿越时空
到新世纪
依然是个谜
在历史后背
科学搭起梯子
显微镜偷窥到昨天
一粒尘埃
埋葬了王

挣扎的毅力

生活向我施压时
连灯光都那么惨淡
可现实并不荒谬
它告诉我：
有人帮助是幸福
无人帮助是公平
我也告诉自己：
有点压力要顶住
挫折面前靠毅力
我的脚不会故意
让我失足
就像
我的骨气不会轻易
让我服输
就让失落
营养一些希望的植被
我的生命
需要一片
苍翠的森林
捍卫尊严

三月三

我执笔
画出爱情的脉络
涂上颜色
属于秋天的颜色

一根绳子
捆起昨天的誓言
和执着
迈向
没有明天的明天

春来了
你放飞
昨天亲织的风筝
线断成炊烟

生　命

垂天一隅
笔直的白杨
站成哨兵
默守着塞北的安详
几只雀儿
卸去笨重的棉袄
爽快得像精灵
衔走一棵棵
顶破枯黄的新芽
我隔着祁连山
瞥见你
如花的模样
在阳春三月里
怒放着生命的芬芳

第 三 辑

信美守静诗春秋

旧书摊

不远处
一溜子风翻开
昨天，今天和
关于明天的梦
乌云开始发怒
一双眼和两只手
扶起躺着的饭碗
匆匆忙忙
多少次我曾路过
那些被手指和眼睛
翻阅过的记忆
苍白了谁的容颜
坐在那里的
都是各界艺术家
还有个人，也坐在那里
他是书贩子

为你写诗

在夕阳坠下山坡的方向
烈风一遍遍摸过芨芨
枯黄的季节，麻雀
仿佛是在城市里挖煤的矿工
我一如既往仰望
农历十一月二十二日凌晨的星光
关于爱情的承诺和誓言
写在一滴泪水的春天
那年夏天没有遮阳伞
那个雨季我曾为你写诗
那天你在前，我一直在后
那时我们走进同一个黄昏
长在石板深处的那颗小草
开遍栏前栏后的红花
多少让我有些怀念，怀念
风起时，你那个温婉的转身

元旦是一壶乡愁

元旦是一壶乡愁
在世界上离海最远的地方
我独坐清寒的月光下
一杯杯饮下

喝一口
就被故乡醉一次
就被村里的父老乡亲醉一次
就被不会挂电话的父亲的呼吸醉一次

悬在窗前的明月
是一面镜子
我从镜子里看见漂泊的自己
看见大学毕业后的一缕缕隐忧

风是调皮的孩子
一下一下摇起院里的树枝
被元旦这壶乡愁灌醉的夜晚
我从彻夜失眠中深悟什么是归宿

大　雪

椿象爬过大雪的窗口
我对抗现实的同时
也同生活和解

BRT 公交车上

下午。两点过一刻
和往常一样
我路过政法学院的后门
向南走
我所熟悉的长新路上
车流泛滥
人流泛滥

靠近路旁的座椅上
阳光铺就好毯子
几位老人端坐
聊天，下棋，喝茶
也有孩子在草坪上玩耍
我匆匆路过
似乎年幼和衰老
都和我无关

进入地下通道的时候
一位环保阿姨
用一脸忧愁
将我急速的步子扯住
就像离开故乡时
母亲用缓缓摆动的手臂

把我的心扯住一样

公交车开动了
窗外的人和建筑物
匆匆而过
我似乎什么都看不到
那种孤独
有些疼

随　感

横渡黄河，嵌入兰州
火车穿过隧道
我从白天进入黑夜
微弱的光
洒在脸上
苍白而又辽远
西北的山
装下了太多的柔情和故事

横劈黄河的一朵浪
跌宕起伏
绽放　跌落
好似花期更替

扛上一肩沉重的文艺
走在人流末尾
每一步都得踏在实处

童年之花

那是六岁
或者是七岁半
我捡来一只风筝
花花绿绿　窟窿天窗
模型是个大头蜻蜓

拿起来又放下
母亲的针线在讨论
姐姐不合格的米糨糊
糊住了漏风的洞
糊住了我的眼泪

风那么轻
轻得像母亲的脚步
那块光秃秃的耕地里
姐姐跟在我后面
摔倒　爬起来
幸福得在尘土里把脚印
串成一段童话

整个下午
西北的风滔滔不绝
仿佛一场三月的梦

夕阳驮着铁轨上西去的列车
越走越远

那只风筝挂在梢头
像一朵花
花花绿绿的花
一朵开在三月
叫童年的花

路过戈壁

田埂是个女人
怀揣着冬季唯一的独子

惊叹于大自然的神工鬼斧
戈壁滩剽窃着壮美江山

河西的烈酒自一壶豪情
翻山越岭撂倒英雄无数

老人举起鞭子，神情泰然
羊群是几片善良的雪花
游牧于泪干的沧海
沙石翻起灰色的巨浪

架在头顶的钢筋铁丝
像在针灸受风寒的病人——天空

不要错过眼神的初恋
戈壁滩和一见如故的人同样可以一眼万年

站在风中的故人
沉默是发自肺腑的问候

爱岗敬业，求实创新这八个字
像边疆战士一样遒劲厚道

路到尽头
永恒之塔便诞生

生命被夹在时间缝隙里
就像住在无影灯下

沙漠之舟渡上草原
使命的利剑锈迹斑斑

旱沟蜿蜒盘旋
像大地一根失血的静脉

狼牙般的石头镶于牧场
只是给不速之客的暗示？

喜鹊，它是迷了路，丢了粮食？
躺在枕木上像要卧轨

过旧了岁月的几件衣裳
盖住一口枯井像盖住一个秘密

停靠在镍都之北
一双翅膀放大了烟囱的嘴巴

对于一颗被掏空的心脏
丢弃未必就是解脱

一条断流的小溪
是季节无奈的眼泪

风沙在车窗外延伸
面对广袤无垠的戈壁，我沉默许久

雪落故乡

当我认真于一片雪花
当我沉思于一篇雪的日记
睡在故乡深处的那间老屋
积攒了二十多年的心事，纷纷涌起

扶起一把扫把
赶在春姑娘进门之前
打扫出这个季节所有的灰白
装上一辆施肥的牛车 播种春天

那位彻夜未眠的老汉
听着雪花砸在地上的声音
翻了几个身，唉吆声唤
像每一片雪花都砸在他心上

落在村口的一行孩子的脚印
是一首送别的诗歌
最后一片雪花降临以后
春风开始朗诵

风暴
风暴踱着步子
踩响雨水的琴键
村庄从一场音乐会里清新出浴

关于爱

一点一滴跌入尘埃
夜风里装满醉意的话语
像当年
你不经意的一朵微笑
开红整个三月

钻出城市
钻出高楼大厦
一枚草
用细小的腰杆
迎接
春风最动情的问候

低头思索的路灯
把一生埋进茫茫黑夜
埋进瞳孔不敢正视的现实
路灯下牵住一双手
路灯下
一双手终究摸索不出
人生这条路上
最好走的路

不要问我人生的意义

我的方向
和启明星一样
在只属于一个人的写字台上
守住理想
信念和爱的本质

六月八日

一层一层
用一个个人的成功和失败
铺下苍凉之路
行走其间
人生只是一次巧合

剥开灵魂的内核
语言和文字
黯然失色
一场关乎众神的辩论
滔滔江水的雄辩
难以表达

我多想提升一个高度
我多想用眼睛
触摸
不朽的信仰

苍山莫大的情怀
怀抱溪流，滋养牛马
我愿是一枚泪珠
从草尖滴落

患　者

对于患者而言
一把刀就是根本

削减熟悉、割断陌生
未必就能成全

莫名其妙地无话可说
默默无闻地痛心疾首

曾经拴住黄昏的绳索
被时间的烈风狠狠扯断

暮色深处抚琴的人
借用一阵秋风反复抒情

几根野草被折断腰肢
苟延残喘　把自己埋入夜里

远方，我一无所知
眼下，我两手空空

终成沙石的细雨
敲打着一枚顶破岁月的小草

远　逝

在三月的清风还未曾吹来的时刻
我再一次饮下孤独

爱情远逝
跨上西域的烈马
回忆，被踢踏成细碎时光

创伤和心灵有关
遗忘和时间有关

过上自由的小日子
把一个人的沉重
一笔一画写在汉字的框架结构里
写轻，写潇洒

变老是多么自然的事

这是从骨头缝里钻出的闪电
也是从精神的乌云里发出的雷声

灵魂在跋涉中突遭暴雨
衰败的时针跺脚暗笑

一个人的青春该如何绽放
才能开出使人生得意的花朵

我时常攥紧时间的笔杆
在年轻的空白里写下一夜无眠

开在岁月深处的一朵花

在那些特殊的日子里
它一响起来，就能把生活喊停
能喊出来满面笑容
也能喊出来汩汩泪水
在它年轻的时候
张三娶媳妇时它喊着幸福
李四祭祀神灵时它喊着平安
刘大娘去世时它喊着百鸟朝凤
时间和时代是一双变化着的手
在岁月的洪流里
它的脖颈
被这双手越捏越紧
而如今，它老了
再也无法为父老乡亲喊出幸福
仅剩的最后一口气
它要为逝者喊一声安息

一道爱的光线

一束灯光探入夜空
像一支玉簪
别在四臂相拥的墙头上
母亲拖着步伐　张望月亮

一口煮熟岁月的铁锅
躺在墙角深处　仿佛
完成了一辈子最后的使命
一粒粒尘埃，吞噬着它

那把切碎苦日子的菜刀
被光阴的快车，送上了柴房
炊烟是母亲的一腔愁绪
随风和雨，把爱深刻成皱纹

多少个夜晚，母亲拿起绣花针
一针一线把爱串联成四个大字
一生平安
贴在儿女的脚心

收集梦想

八双眼睛是八盏灯
挂在梦想启程的童年
逃离农村是站在肩头的使命
鸡鸣之后，几张红苹果开始摇曳
迎风而来的假期
放大了小手自由的痛苦
那支笔杆在夕阳里书写
一篇被天真蒙骗的道理
架上善意的炉火，一块煤
把岁月和日子点亮
挥洒汗水的年华
我愿意为初生的小草遮蔽风寒
下雪的时候，我要播种良心
下雨的时候，我要采集雨露
下一个叶落的季节
八盏灯将带着光明，温暖理想

静坐之诗

黄昏褪去，一个向死谋生者
和所有走向苍老者泾渭分明

在异乡，几声干净的狗叫
声声扯痛我疲惫的心跳

一支燃着乡愁的香烟灭了
像关掉的灯一样灭了

扑向我的不仅仅是渗透隐忧的夜色
还有蝙蝠、蜘蛛和秋风落叶

日　记

从中午 12 点到晚上 9 点
我静在图书馆一角
用了很久的英雄钢笔
好像老了
那片等它耕种的洁白田地里
它的身影淡了
我紧紧地握住它
一股酸涩涌上心头
那本古色古香的《诗词格律》
静静地躺在我眼前
她那张布满岁月的脸蛋儿
开始泛黄，皱纹横生
几天前我还从她身体里
饕餮了一顿唐诗宋词的美餐
时间总会给万物穿上新装
并把人生这个故事无休止切换
我们在故事里扮演着各自的角色
或长或短，或平庸或伟大

致 XQ

灯火通明，或与月为邻
一个生活在火柴盒里的打工人
挖出身体里几句火热的诗
把生活的黑暗擦亮
今夜，我再次盯着你挥动的大锤
扛起的麻袋
以及皱纹和白发
泛起的乡愁的涟漪
此刻，对你所有的记忆都将苏醒
在你漂泊多年的工地
在你拔下一颗钉子弯曲的背影里
在你咬牙切齿不屈服的诗句里
多少次捧起你酿的这壶美酒
在你挑起沙担的瞬间便把我灌醉
我得承认，这壶酒
它掺杂了太多的善良和朴素

写在一场出游之后

我时常想把自己活得明白一些
就像我明白孤独
就像我明白明和暗
然而，我的糊涂
却一再让我糊涂

日子是漂洋过海的小舟
白天黑夜游荡在我的孤岛

那寒冷也无法奈何的翅膀
挥洒着大把大把青春

我多想把那段岁月
塑造成我的一生

在海边，他这样眺望日出

一串鸡鸣擦拭过屋檐之后
他身披黎明的风衣，奔向大海

海风放声欢唱，海浪举杯相庆
似乎一切都在等待他的到来

多少年过去了他重又站在那里
童年和外婆在记忆里萌动

当那颗硕大的红柿子跳出海面时
两条细小的河流从他脸颊流下

小时光速写

太阳也会怕冷
久久躲钻进乌云的棉被
不肯露出脸蛋和微笑

楼群端坐，建筑工人
架起塔吊鱼竿
不断垂钓出城市的新貌

广场画布上
一群老人挥着太极拳画笔
一笔一画写下抗拒岁月的宣言

觅食的鸽群四散开来
像天空抛出的一张巨网
将我上班前的细碎时光逐一打捞

祁连山写意

一场雪把戈壁滩的轮廓延伸
无限白填充着无限空
祁连山披上圣洁的风衣
辽远里做河西走廊最大的王

脉络雪白，母亲雪山
用终年纯净的乳汁
营养着骏马、牦牛和草场
以及河西大地上的家家户户

火车驶过隧道
我从一面湖水里瞥见
历史在的河西走廊上支离破碎
表情异常沉重

远处
一棵棵炊烟凝成的大树
从工业化的沃土地里
拔地而起

怀 人

落脚以后
那留在大地皮肤上的痕迹
分明是一块块疤

每一步都被最初的第一步背叛
每一块疤痕都是新伤
致使命运之路被一再曲折
偏离了美德之门

啊！那正在接受着惩罚的灵魂
那躺在手术台上的思想
何时才能把肉体的钟摆调准
让生命和时间公平

登三阁台

六月的火和热
被一粒硕大的汗珠放大
攀爬五泉山的人
想把兰州装进胸膛

缠裹在山腰的长廊
是一条蛇
台阶像是它的脚
一步一步迈向
三阁台
一块石头
一座古老的寺庙
坐在黄河之上

钻天的人造松树
是一把尺子
度量着人与自然的距离

红嘴的鸦儿
飞过
一声凄婉的哀怨
撕裂天空

被遮蔽双眼的云朵
横冲直撞
一场雨下错了方向

一粒放大秋天的白露

拉开窗帘的瞬间
我祈求太阳把箭射得慢些
好让我朦胧的双眼
挡住那枚发光的钉子

唰　唰唰　唰唰唰
我听到雨水弹奏的曲子
在远处回放
行人的步伐奏响清晨

雨伞，是开在季节里的花
跟着雨水和步伐的节奏
开了又谢了
并把果实晾在秋风里

无限旷达，无限辽阔
苍翠的山是一位父亲
坐在那片乌云下
注视着一座城里的儿女

黄河湿地

被牛肉面包围
被黄河的浪头攻击
我困在城里
像压在石头之下的小草
每一步都异常沉重
但我仍然咬着牙
挺着胸膛
坦然接受着我最合理的人生

风自西而来
汽车拐弯处的鸣笛
唤醒乡愁
在黄河湿地的泥潭里
几只鹅
放大了我的村庄
还有童年

背着手的人
步履迟缓
想在黄昏里读出些什么
老麻雀通情达理
一声深情的朗诵
便把秋天

挂在苍翠的枝头

我在黄河湿地走了一个下午
沿途的景色像我一样沉默
装饰着虚无
一条鱼钻出水面
我再一次发问
这城市化的圈套
到底还要套走乡村的什么？

清净之夜

写首什么样的诗
都再也写不进你的眼睛
就像记忆多么精确
再也忆不起哪天
你闯入我词语的围城

夜色裹着我的孤独
远方有光和热的地方
一定有你
细心地记录
蝴蝶般轻盈的步伐

一夜熬过一夜
一年逼过一年
慢慢地
我们开始陌生
好比初识之前的陌生
但比它更疼

在这样一个夜里
想起你来本就是一首诗
把月亮和星星取来

别在你的发髻
让时钟为你朗诵
嘀嘀嗒嗒的声声念想

小记黄昏

我要用语言这把工具
修理思想这台机器

失忆的落叶，离开
秋风太过多情

伸向天空的高楼
是一支沉默的笔杆
夕阳牵着它
河流在欢唱
剩下的，就更短了

书会小记

五盏马灯
二十几个人
和一个年代所丢失的粮食
饥饿有七分
二九零四是一根竹竿
从黄河南岸插入云端
嘴巴打开另一条河流
空气凝固，才华横溢
一阵急促的呼吸
我是这样一个人
缝住言语的门
细心地接受声音和命
一整个下午
时间漩涡一样走远
不远的十字路口
红绿灯指示着陌生人，探索文明

打　开

找一个合适的地方
打开，一个人
认清黑白，骨骼
和心脏以及头颅
关于这个人
我们无从谈起
白纸黑字，幽幽暗暗
是他唯一的存在方式
我们时常说起一句话
在微茫的人海中
语言，文字，词语
延伸了含义。阅历
当再次打开这个人
你所认清的不只是骨骼
心脏，头颅和黑白
还有你自己和一朵玫瑰

叙事金城

在一棵老槐树下
鸽子传来书信
关于秋天的约定
落叶是最好的见证
风起于一个山丘
睡熟的菊花被风霜唤醒
藏在土壤背后的秘密
只是菊花奢望越冬的幻想
你说月亮是你的
我说，月亮只属于我
故乡被月亮放大
你在东，我在西
一张照片延伸的故事
留给时间和眼睛
用记忆擦亮夜空
我还要在月光下耕种，劳作

吞 下

夜，塞满疲惫
一个人的呼吸
敲响时钟，黎明
梦醒之前，一阵痛楚
年龄爬过头顶
青春被岁月出卖
我拽住深秋的尾巴
无法挽留一片落叶的别离
又一个夜幕降临
街道上穿梭的车辆，来来往往
带着喜怒哀乐，悲欢离合
像是命运派遣的使者
从七点一刻出发
走进一颗心脏，街道
在它昏黄的血液里，我听见
一个坚守生命的秘密：吞下时间

夜深处

谁把心儿捧出来
晾在月光下
和时间一起苍白

他，是他

炊烟伸出手
拉下夜的窗帘
一把铁锹
延伸了他的忧愁
施肥，播种，除草，浇水
多少年了，他
扛起信念
撑起了一个温暖的家
油菜花开过初秋
编织一框金色的梦
雨季之前，悄悄地
洒在他甜蜜的梦乡
雨中，他是一把伞
淋湿肩膀和理想
只为，另一个他
打开一片晴天

西 去

我以我心
抵住六月戈壁的厚墙
千年历史沉淀着时光
沉默是一只老鼠偷去
一颗粮食，没有惊醒
黑色的月亮

黑月亮

伸向井底的梯子
偷来一轮黑色的月亮
一颗星星燃烧着自己
灰烬在大海的心脏埋下遗憾
千年不遇的洪暴
说出了当年的辛酸
时间在石头上增长
蜻蜓一不小心
夭折轮回了几百个春秋
哭喊着留不住点水时的潇洒
就在痛苦的时刻
清风唤回童年的小船
撑着长桨的祖父
用微笑击退了危险

季节在疯狂

在黑色的生命里
圆滑多彩的谎言
让一只鸽子迷路
丢失了播在春天的粮食
屋檐上归来的燕子
用尾巴剪开河流
飞舞在空气的柳絮
让空气做了一个奇怪的梦
远方有个姑娘
披肩的翠发守着阳光
在梦与现实的彼岸
她也想穿起高跟鞋
听到那声光明的霹雳
一棵老树捋着胡须
沉默是叶子的本性
而花无语就是对抗

风从风里来

我站在路口
迎面是城市
后背是村庄

一个人惯了
影子便是陪伴
月亮设下喜宴
两个人在春天喝醉

我把目光投向目光
我看见废墟和硝烟
在墓地蔓延
青春不过是一场烈火

每个夜晚

每个夜晚
和伟人作别
在图书馆里
我是最后一个过客
不舍离别

每个清晨
同太阳相约
在蓝天下
我是第一朵白云
不忘故乡

路　口

站在路口
昨夜的梦
连同故事
一起苏醒
从一杯茶里
我看透了
你的忧愁
十二时的钟声
打碎了记忆
想不起是谁
说出了真相
那一刻
蜜蜂捧着桃花
正向蝴蝶求婚
春天小偷一般
住进我的心里

过 渡

夕阳翻倒
盛满时间的墨盒
黑夜就在那一刻
淌进我的眼眶
失望蘸起泪水
写下书法两行
行云流水间的崩溃
是你我回不去的曾经
六点四十四分
我努力睁大眼睛
启明星指出你的秘密
天就亮了

故　事

远方的春天
离我有多远
寻着风的脚步
走近老柳
衰草和枯叶
一不小心瞥见
与衰落不同的颜色
一抹嫩绿让
春天不再遥远
我的故事
和昨天一样
桌椅上看到阳光
白云和小鸟
书上的文字
多像蚂蚁
和我见了又见
依然在故事后
伪装成第一次相遇

荒戈无题

我看见
山
戈壁
坟墓和村庄
在荒凉中
像春天一样
勃勃生机
羊群
骆驼和耕牛
在一个草场啃食
四周的沙漠
欢笑着
送走了又一个
不速之客
牧师撇下猎枪
于一个黄昏
被豺狼围困
黎明时刻
马灯和火把
燃成眼泪
点点滴滴

第四辑

唯有沉默诉真情

剃 头

第一个为我剃头的人是父亲
第一个让我剃头的人是父亲

或许剃刀，是唯一能数清苍老的工具
它一刀一刀下去
理清春夏秋冬和子丑寅卯

被生活催熟的稻田
在一茬一茬更替中
父亲就老了

父亲的老
应该从我高过他的那一天算起
应该从我不再让他为我剃头的那一天算起
应该从他第一根因我长出的白发算起

最亲近的沉默

那天傍晚
我又一次为父亲剃头
些微陌生的剃刀变了
剃刀下的头发
蓬松而柔软，数量变了
头顶白雪的父亲和他
操心的事，都变了
拿剃刀的我变了
躬身收割苍老，手劲变了
刺啦刺啦的剃发声变了
五年间，一切都变了
唯一没变的
是我和父亲之间
最亲近的沉默

母 亲

比第一声鸡鸣还早
比翻过地平线的光速还快
你从未醒的梦里翻起身
用急匆匆的脚步
敲响清晨的门铃

时间，把你挤进零碎的家务活
取水，生火，喂牛羊，洗锅碗
一道道爬上额头的皱纹是
写在我身高和年龄里的诗
世间最美的诗

秋风又一次刮过
你在田间地头被玉米捆绑
那是你一辈子无法逃脱的命
也是你城里读书儿子的命

黄昏已至，被拉长的影子
扛着疲惫和辛酸
走进粗茶淡饭
走进月亮和星星的凝视
走进城里读书儿子的梦乡

把他们，写成一首诗

上小学后，学会了写字
我写下一个梦想
写下他的潇洒
写下她锃亮的绣花针
把他们的微笑和年轻
写成一首诗
在装满幸福的全家福里发表

上中学时，继续写
我写下一辆架子车
写下他的镰刀
写下她搓好的草绳
把他们的苦和疼
写成一首诗
在村前村后田间地头发表

进入大学，接着写
我写下一个年龄
写下他的白发
写下她的低血压
把他们的苍老和愁
写成一首诗
在三更半夜的一声长叹里发表

现如今，还要写
我写下爱和孝
写下情字
把他们
写成一首诗
在缓慢散步的夕阳下发表

想到你的时候

想起我们骑车
想起泼湿我们衣服那场雨
千万把刀子
齐刷刷地钉住我们年少的时光

那时候，我们骑着父亲修了数次的自行车
风里雨里把十几公里外的丰乐中学
一年走上四十趟

母亲烙下的锅盔
垒起了我们的身高和年龄

三年时光，在晃荡的车轮上
一闪而过

烟熏火燎的六月
我们被父亲额头的一颗汗珠放大

风自西而东
吹淡你数学试卷上的红叉叉

而我把纸条绑在麻雀身上
某个午后

随一片白云放飞

渐行渐远
渐行将远的是影子和消息

你在黄昏离开故乡时
母亲花积攒许久的毛票
买上一串红红的珠子
系在你手腕
系在母亲
虔诚的目光里

列车画出的弯弯曲曲的弧线
是种在深夜里的两行清泪

杭州。让父亲引以为豪的你
带着醇厚的乡土味儿
闯了进去

这个不属于乡下人的城市
把你绑在一架架
吐着塑料味的机器上
整整绑了八年
把青春绑了八年
这是多么巨大的损耗

有时候我想到你就哭

一个人
一个人的打和拼

吃惯了杭州的小笼包
母亲的长面一定会让你
泛起一股一股酸涩的乡愁

想到你的时候
我想到了小时候躺在房檐下
和你数过的星星
和你听过的蛙鸣
和你听妈妈讲过的故事

风　湿

几瓶国公酒
今天寄到了父亲手里

电话打了很多遍
才被接通

他的声音略带三分脾气
但足以满足我的柔软

我们的话很短
短得像他膝盖的刺痛一样

妈妈的电话

挂断之后。我还站在黄河边上
夜色被迷离的灯光愈染愈浓
絮絮叨叨的寒风在讨论家事
车流如水，滔滔不绝

想着母亲的话，又想到故乡
想到村口的老榆树和炊烟
那些旧时光叶子一样凋落
那个身影花朵一样枯萎

母亲缓慢迟钝地表达
依然无法熄灭她内心的急火
那团替儿挖空心思的火
那团为儿夜不能寐的火

电话里母亲喊着我的大名
那个她爱喊的乳名
童年一样隐匿在岁月深处
有些话憋在肚子里她不愿说出来

父 亲

帽檐上几条小河淌过
生活一再盐碱化

叼起烟斗
苦和辣尝尽半辈子

脊梁弯成月牙
还把爱一把一把播撒

端　详

好久没有认真地看看母亲
今夜，炉火旁母亲停了几秒
迟缓的动作和焦急的表情
刀一样在我心尖戳了一下
突然想起母亲对我说过的一句话
这几天腿都跑麻木了
什么时候对我说的，我已忘记
大梦初醒后，我的母亲老了
春季
一犁铧一犁铧的播种
洒去母亲渗透外衣的汗水
我，跑在田埂上抓蝴蝶
夏季
一亩三分地的草根
挖走母亲四分之一的体力
我，躲在树荫下钓鱼
秋季
一箩筐一箩筐的玉米
背弯母亲坚强笔直的脊梁
我，蹲在果园里吃苹果
冬季
一针一线串起来的布鞋
熬红母亲日渐模糊的眼睛

我，躺在热炕上看手机
在反复的四季轮回中
母亲老了，瘦了
在无知的年幼岁月里
我依然不懂事
母亲呵
让我替换你吧
操劳，担忧，疲惫
或者疼痛

农 民

几声狗吠在村庄里迅速蔓延
黄昏被传染后，天就黑了

没有月亮
一个人摸黑从远处走来

锄头在他肩上暗笑
夜风和树枝高谈阔论

那条炊烟一样的乡村土路
拴住了他的大半辈子

写给 24 岁

十一月的第三个夜里
一把孤独的琴
扯开嗓子
关于岁月的音符
敲打着无尽的夜色

比起从前的日子
身子骨强了
年龄长了
只是，挂在脸上的笑容
少了

一个人漂泊
时间一久
也成了一种无形的塑造
或远或近的自己
什么时候白发横生

再也不愿幻想
其实是不敢
24 岁意味着什么
多少次走在黄河边上

我实在不敢多想

翻开那一页页曾经的诗
竟是如此不安
一个患上乡愁的人
他的心里
到底藏着什么？

行走，奔跑，静立
被浮华和虚妄捆绑
多少个日夜里
那个独自晚归的人
他怎么了

那老去的童年
竟是那么清晰地被
记忆流放
钓鱼的孩子
挑黄花菜的孩子
跟在羊屁股后面的孩子
一步步向我走近
他的眼神里
装满无尽的忧伤
和明媚的春光

我想对你说：

春风温润的腰肢
夏雨清新的眸子
还有秋霜明净的脸庞
冬雪纯洁的胸怀
恰好似你梦中常现的美人

彼　此

把想说的话分成行
把记忆分成行
把友谊分成行
把生活分成行
甚至
把自己也从人群中分行
一只莫名的帽子"诗人"
被扣在了头上
那段往日时光
那段你追我赶的青春
那些一间宿舍八个人的故事
当然，还有那些年追过的女孩
那些微笑和汗水滋润过的小日子
都被时间编织的大网
——打尽
高中这趟车停靠在了高考站
我们下车后重又上车
仿佛一夜之间
理想之光都将你我召唤
揣上雄心和壮志重新上路
只不过你去了天涯
只不过我到了海角
离久情疏

这是一个怎样的借口
各自生活在自己的版图里
昨天，今天，明天
渐渐疏忽，慢慢忘记
哦，听说他现在工作了
她现在读研了
而他现在是诗人
……
忽然觉得离他们好远
在人生这条未尽的旅途中
我们，谁都离谁不远
就在彼此心间
还会关注
还能念想

麦　子

昨夜，我梦见
躺在屋檐下的那把
镰刀
睡醒了

月牙儿蹲在我家牛棚上
看了一眼，又一眼
熟睡着的父亲和
那块苍白的磨刀石

这些年，远离故乡
像一片被时间遗忘的叶子
慢慢地，我也遗忘了
村口的那棵老树

我开始怀念，怀念
那头黄牛和
春耕时
父亲甩起的鞭子

瞥 见

后视镜里的父亲
又歪了几度
弧度和他的疼痛成正比
我看见，他吃力地拖着身子
站在掏空他心血的田野间
像一棵弯着腰的老榆树
仿佛是在虔诚致谢
而那入怀而来的风
非要将他扶正

老了的唐家院子

变老是一件多么自然的事
像爬上额头的皱纹要诉说
像青草从皮肤的颜色中消亡
像爷爷 86 岁的一个句号
唐家院子 陈旧的土坯墙上
布满历史和尘埃
那些永远睡去的人
融化进了泥土 钻进墙缝
唐家院子 一栋十米多高的土台
鸽子 从五湖四海聚集而来
掀起岁月的无常 用羽毛和翅膀书写
一场关于环保的宣言
被弯腰拾起纸屑的孩子践行
唐家老院子里塞满
一族人的牵挂、记忆和幻想
淡淡的乡愁 魂牵梦萦
飘进一个人孤独的咖啡中

童年之梦

在一枚童年的小小的月亮上
藏着父母希望中
远离锄头和牛耕的心事
每次受过批评
坐在屋檐下的那个小人儿
想飞上月亮
借月光温顺柔和的手掌
给母亲梳头发
为父亲捶捶背
然后牵住他们大大的手
一起入梦
到月亮上生活

耕　种

飞泻而下
那么一瞬，我停住目光
一条发光的瀑布
在书写春天的诗句
燕子是热情的
隔着万水千山
衔来一枚耕种的消息
为父老乡亲：报喜
村长的老牛开始担忧
骨瘦如柴的岁月
能否扛得住使命的犁？
它沉默着，也只能沉默
草色遥看近却无的春
在大西北破土而出
房前屋后，高一脚低一脚的狗吠
把农忙的乡村串起来
串成一幅朴素的画

父 爱

无意间

故乡的一声叹息

把我惊醒

窗外的风

像在逃跑

又一季花开

又一季春耕的时节

一串装满疲惫的脚印里

驼背的父亲

被缩小

被一辆架子车

拉进老年

岁月的寒霜

一次一次打来

打在你双鬓

打在你心上

一双手

拾起生活的柴火

把五口之家温暖

温暖在

甜美的梦里

这些年

我虽走远了

但，我走得再远
也走不出你
沉默不语的爱

滴滴滴滴

和着节奏，光线昏黄
在蘸饱墨色的夜空
火炉旁读诗
热炕上怀念
一节发霉的年华
弹指一挥
蝴蝶迷路的季节
请你也去寻找油菜花
第一天，时钟总是在催
第二天，电话不停在叫
第三天，母亲说要我回家
没有第四天我却意犹未尽，幻想
踏进一节车厢
挥手褪去冬天的颜色
我们可能是怕太阳的雪人
一有光就消瘦

哎　呀

一场雪在清晨降临
带着温暖的声音
像忘年的知己
相逢于江湖
四目凝视
竟无语
诉说
哎
呀
雪花
半空里
曼妙多姿
抛洒着高傲
停于一块石头
落地是唯一归宿
一阵风自西北而去

现　场

一道油黄的灯光打上院墙
推门的一瞬，我瞥见
堆积的苞谷，沉默的屋檐
有个身影在摇晃像风拂过的麦田
秋收的时候，几滴雨水
加重他的失眠症
那一天夜里，那支旱烟
黎明时刻还未熄灭
像守着祖籍一样守着庄稼
他坚守整整四十多年
每一亩地，每一条埂
是藏在他心里的一把算盘
窗前的苞谷又昏睡了四个月
瘦得已经达到骨感的要求
只是商贩还说：尚未睡醒
他把它们翻来覆去，又翻了三遍

微雨之思

雨水就在窗前
以泪的形式
决堤
有个人在寻找
寻找昨天丢失的
书信和约定
那把伞曾把承诺兑现
之后，那条路
有个人常去
再上一层阶梯
风就更轻了
那个人，在窗前站了许久
那个人，听见树在歌唱

电　话

在失落的时刻
来一个电话
有多幸福
哪怕是
打错
了
我
走在
迷途里
遍体鳞伤
电话悄悄响
有母亲的呵护

花开记事

四月从一阵风中扑面而来
和她一起来的
还有一朵接一朵燃烧的春天

我该何时忽略花开
何时专注虚无
已不重要

花瓣嘴唇讲出的故事
关乎生死
关乎姑父对疼的恐惧

这些年走在刀刃上
习惯听不见
胜过听见

第五辑

朵云深处是故乡

都可以从月亮谈起

我曾说朵云村的月亮
是一颗泪珠
是一面镜子
还是一枚银色纽扣
说它是一颗泪珠
一点也不为过
在朵云村的漫漫长夜里
它泪光苍白是在为谁哭泣
说它是一面镜子
是因为那些望夜空的人
总想借这面镜子找见自己
独白或者重温旧梦
说它是一枚银色纽扣
是因为它系住了朵云村的一切
解开它就能解开
任何一个村民的一生
或许，还可以这样说：
在朵云村
任何一个人，任何一件事
都可以从月亮谈起

架在火炉上的朵云村

再烤下去
土壤的嘴唇上就会开出裂子
大片大片地开

被烈火焚烧过的疼
从玉米枯瘦的腰杆喊出来
风把喊声放大

被热渗透的唐老三
手摇一把蒲扇
试图扇来整个冬天

沸腾在天蓝下的朵云村
吃了黄连
苦涩里接受着自然的安排

鸟　窝

在朵云村
在白雪稿纸上的朵云村
挂在树梢上的鸟窝
就是一滴墨
一滴饱含乡愁的墨
一滴守望村庄的墨
一滴能够写出千千万万个
故乡在朵云的墨

老园子

苹果对抗不了挖掘机
就像老园子对抗不了
摧毁和重建的哲学
父辈们经年累月养大的苹果树
一颗颗放大过我快乐童年的红苹果
圈住过一段旧时光的老园子
它们都已赶不上美的新概念
像村子里命定要走的老人
多一刻也留不得

趴热炕上写诗

雪已经停了
麻雀蹲在墙头上
茶壶在火炉上高歌
母亲被一朵绣花牵着
想到上一次趴在热炕上写诗
青春，已经格外遥远
那时我还在为父亲剃头
那时新娘还在迷途

鹅

二十多年了
它还坚守着老家院子
母亲说，时间一长
它也是家里的一个人

每次回家看见它
像阅读一段历史
喜与悲的历史
陪伴与离别的历史

如今，尽管它双眼暗淡
走起路来像上了年纪的人
但那渗透唐家庄的叫声
依然浑厚有力

老　家

当一个人有了老家
他便患上了乡愁
回老家跟回家
是两种不同的治疗方式
好比中西医
回老家治本
回家治标

一个能回家
又能回老家的人
是不是就可以
标本兼治？

根

每次回家
都要跟父亲去上一次坟
双膝跪下去的时候
就像一只漂泊四海的小舟
咣当一声靠了故乡的岸

坟墓悖论

坟墓是个错误

它错在存在
也错在消亡

它错在富裕
也错在贫穷

它错在爱
也错在恨

它错在希望
也错在绝望

临行速写

雨水时节。罗什寺的风铃
清一声脆一声像在诵经

点燃的佛香是一支支笔
在天空稿纸上大写着"哲学"

十万缕离情是十万发离弦之箭
被射中的人在佛前平静燃烧

祈福条系在青松下如风中之烛
我从摇曳的烛光里转身，一路向北

乡　韵

就像一片白云擦拭村庄
就像一束阳光绾住树梢
就像一场春风解冻大地

乡村里的点点滴滴
对我来说，都是一个音符
几粒鸟鸣洒落在窗前
几朵羊群绽放在山坡
几绺小河缝补在田野
南墙根里闲扯的老汉们
一针一线绣花鞋垫的妇女们
提着篮子挑黄花菜的孩子们
那条日夜缠绕着我的铁路
那缕熏黑我童年的炊烟
那个陪我数过星星的妞妞

我把这些音符汇集起来
谱成一首可以疗伤的曲子
在异乡无数个染上失眠的夜晚
戴上孤独　单曲循环

玉　米

夕阳长空一撒
秋风摇晃着玉米的梦窗
父亲熄灭烟头
一把镰刀割弯了岁月

村里开始了又一场雄辩
关于收获
关于人工和机械
速度是唯一的裁判

被架子车的勒绳缩小
被装满果实的尿素袋缩小
被高一脚低一脚蛐蛐声缩小
那个身影在我脑海里
永恒成一首诗

老牛和毛驴咀嚼着疲惫
唐老三蹲在屋檐下
凉飕飕的月光淌进唐家庄
家家户户院子里睡熟的玉米
亮出低价的本质

西北风

就从唐家庄的风说起
四季里亘古不变的客人
它挨家挨户串门
有时掳走邻家小花的风筝
有时从梦里把我唤醒
更多的时候
它刻深父老乡亲脸上的皱纹

在唐家庄没有谁能拒绝
这真诚的问候
春夏秋冬
它把村庄裁剪成一绺子布
一块可以缝补乡愁的布

炊　烟

曾经缭绕过我的童年
也在灶台前一次一次挤出过
我的双泪
但它却把故乡拴在
我漂泊无定的岁月里

它总是让我想到
母亲的荷包蛋
父亲牵牛从田间走来
它甚至能在我失意的时刻
替我缓解苦和疼

黄昏里
我把步子迈得轻巧些
在注满幽静的唐家庄小路上
炊烟望断
也许能吟出一首好诗

树

站在田埂旁
站在洁白的羊群里
站在坟墓的边缘
树贩子用电锯
断送大片大片的绿和新鲜

每一句西北风的问候
它都由衷致意并鼓掌

每个炎炎夏日
躺在它怀里的乡亲们
享受不尽
绿叶播撒的清凉

掏鸟窝、捉迷藏、摘杏子
童年，被一棵树劫走了一大把

村　庄

就像一把镰刀割疼麦子一样
那弯挂在星空的月牙
不时地割疼
我枕在月光里的童年

捆住村庄的那些小脚印
捆住了多少快乐
捡拾黄花菜的那几个放羊娃
捡拾了多少自由

日子，从一声鸡鸣开始
又从一缕缠绕黄昏炊烟结束
母亲的锅碗瓢盆
老牛和锄头跟着父亲
一把鱼竿钓着我
天真的梦

时间，悄悄地偷走了我的玩具
还有隔壁家的小强
我有多久没有见到过
他和我争夺跳棋时的死缠烂打

雨的心被遗忘在天空

一把镰刀从梦里醒来
虔诚的麦田颤颤巍巍

黑压压的乌云蹲在田野上
父亲拖着疲惫走回家来

顷刻间，豆粒大的雨点开始沸腾
村庄像个沐浴中的孩子

父亲坐在磨刀石上
静静地看着天空，深吸了一口烟

七夕节

风挥起翅膀
空气潮湿的嘴唇吻着你脸颊
雨滴碰响大地的琴键
叮叮当当朗诵着我曾为你写下的情诗
我说：你在我的城堡四季如春
在我们的爱情里一切皆有可能
比如，玫瑰在你手心绽放
比如，蜜波在我心海荡漾

灌醉旧时光的西凉啤酒

把那瓶凉一口气吹下
把那瓶生活的甜一口气吹下
把那瓶命运的苦也一口气吹下
灌醉我童年的西凉啤酒
仿佛是另一种解药
在那些旧时光里
它用苦涩，一瓶一瓶
为父老乡亲解乏解痛解忧愁
也为我解天真和好奇

那些被西凉啤酒滋润过的小日子
就像"西凉啤酒"名称的消失一样
从我年龄的旷野上打马而过
求学在外，偶尔小聚
竟发现西凉啤酒
已成了永久的怀念
那一瓶瓶 10 度的怀念
那一杯杯注满故事的怀念
醉过爷爷，醉过我

怀 乡

雪山淡远
我的心事苍凉
一些叶子在盛夏凋落
一些人少小离乡
蝉鸣似火，仿佛
鸣一声就能烧出一抹秋黄
鸣一声就能灼伤那个异乡人

唐家庄

唐家庄
唐姓人最多的队
苍苍老翁
悠悠孩童
若隐若现于
村庄之间
有蜿蜒的小径
起于一双脚
有枯黄的田野
始于一场秋收
起早贪黑的麻雀
将人引入勤劳
老牛的沉默
黄狗的尖叫
都悄然坠入了
庄子深处
唯有农夫的肩头
沉甸甸地
扛起了一捆
紧迫的幸福
封建
也会成为一种风景
唐家庄　被一些人
用香火供奉在头顶上

思乡技巧

孤独已被倒掉
空空的我

借用技巧叩打
原诗之门

什么钢铁之于弱水
敌人之于故人，治疗创伤

都远不如我已陌生的故乡
和我已回不去的故乡管用

乡村生活

一声鸡鸣把黎明唤醒
热炕上的老农民开始盘算
柴米油盐，在一场梦里
乡下的日子有了原来的滋味
一串红辣椒挂上土墙
像点燃幸福的火苗，一棵一棵
南墙根里举着旱烟晒太阳的老汉
把人生总结了无数遍
太阳爬过墙头，微笑着
老黄牛领着儿子走向草场
羊羔开始呼唤
在一切声响之中，我瞥见光
麻雀站在屋檐上
像站岗的哨兵，盯着几粒玉米
西北风为芨芨梳理头发
一茬接着一茬，我在桥头被
几双多心的眼神瞅了好几遍

故 乡

今夜，今夜啊
月亮是一湾浅浅的思念
在别离故乡的路口
请别忘了回头
明天，请把忧愁抛弃
理想的花园里
总会结出甜蜜的果实
明天，请把起点记住
站在另一个路口
垫脚的石头会把你抬高
或者绊倒，但最好摔倒
疼痛才是真理忠实的伙伴
今夜，今夜啊
驰骋了多年的英雄
月亮挂在梢头
请你搂着故乡入睡

油菜花开了

八月，父亲放下镰刀
烟斗和眉头
于一个黄昏弯下腰，播种
无数个金色的秘密
雨季，淋湿了八月
像被月光浸透的夜
父亲坐在田埂上微笑
幸福漫过整个秋季
一缕清风，一声嗡嗡声捎来
那个被时间煮熟的秘密
从异乡归来，我接受了
秋天最美的安慰
九月，故乡的油菜花开了
记得那年，油菜花
戴在少年发际
美了季节，醉了年华

归途小记

时间像一排子车轮
在轨道上飞逝
沿途，不期而遇的戈壁
一颗心放大的虚妄
在这样一个夜晚
我从天山收集月光
风沙和信念
向祁连山出发
车厢里，几句闲话
或几声叹息
像落叶飘进秋天
唤醒另一个梦中人
离开一座城市
像蜜蜂采集完桃花
离开春天一样
在路途中，想到自己的家

风月同天细思量

触及灵魂的旅行（组诗）

捡拾灵魂

夜色从黄河北岸落下来
兰州人行色匆匆
一城灯火辉煌的气氛
向东流去

犟牛拉不回来的决心
把我赶进 K591 肥胖的车厢
趁着青春
趁着如水的岁月
再一次上路
向西
向西去拾荒
去向荒原请教

凌晨，车过凉州

没有听到天马踢踏
没有听到飞燕嘶鸣
甚至没有听到凉州的心跳
我就闯进了故乡

火红色的武威二字
被雪花涂得更亮
乡愁
沸水一样溢出来

那个印满我大大小小脚印的村子
那棵曾拴住我童年的老树
劫走我今夜漂泊的寒冷

被雪花抽打过的列车
一股劲儿从我双眼开出
无尽的黑
取代我内心的空和白

戈壁日出

沙石起伏的灰色海洋里
借用一只镜头
阅读

西北风锋利的刀子
割断村庄
炊烟尽失，戈壁横行
行走的沙粒
歌舞苍凉

一颗硕大的蛋黄

在黎明最后一声咳嗽后
被咳出来
它沿着丝路滚动
赶走大片大片的寒冷

敦　煌

接近你的怀抱
我把眼睛睁得更大
生怕哪一幅绝美的壁画
被错过
飞天起舞　诸佛沉思

信仰
被莫高窟的千年历史
凿得更有高度

灵魂
在这片旷远的沃土上
原位回归

面对无垠和广袤
我不如一粒沙子
粗犷的风
赶着一个个灰色的浪头

反弹琵琶的女子

把春夏秋冬
谱成一首乐曲
夜以继日
弹奏着敦煌的神圣

奇幻莫高窟

大佛　沉默中端坐千年
顶住敦煌的一方天宇

蜂窝似的黑窟窿里
装着一个个朝代的兴衰繁荣
是谁把信仰
铸成了绝美的壁画

一朵莲花
在飞天起舞的片刻
缓缓绽放

谁还能写出一首诗
把曹家人的心事
一一吐露
面对莫高窟的威仪
我长久沉默

鸣沙山月牙泉

端坐在那个山头
沙子垒起孤独
虔诚的骆驼用足迹
铺开一条新道
旅客疲惫
陶醉于这摇着铃的谷堆
月牙泉是一枚嘴唇
静静地抿着风和沙

玉门关

春风不度玉门关
将士们守关如命
大漠深处一道外贸的命门
打开丝绸路上的繁华

胡杨林里响起热烈的鼓掌
胡风以这样的方式
断续迎接着
通往长安的驼队

雅　丹

用雅丹的一抹蓝来吞噬我
用雅丹原始的狂野来吞噬我

用雅丹被风塑造过的神来吞噬我
盘腿打坐或许能听到雅丹的心跳

西域装进了历史
雅丹藏在黑戈壁
魔鬼城里的故事
被回眸一笑的风塑孔雀
掩埋

行走在触及灵魂的路途
我轻得像一枚叶子

秦王川的秀美被一双翅膀大写（组诗）

细水长流

绿油油的草丛里
一条银色长龙在缓缓爬行

阳光四溢，清风奏响露珠铃铛
为舞姿曼妙的野鸭伴奏

坐上一块石头，凝视远方
有孩子在水边嬉戏

我的童年是一只纸折的小船
在岁月的河流里早已没了踪影

河山大好

箭一样从天空射向红柳丛
秦王川的秀美
被一双翅膀大写
站上观鸟阁，我瞥见
风踩着树丛绿色的波浪
高一脚，低一脚匆匆走远
一只鸟飞过

在时光的皱纹里我再一次相信
河山大好

寓言花朵

被蜜蜂和蝴蝶追捧着
被写生者植入画作
被诗人的词语装饰成新娘
秦王川的花骨朵
诗意地绽放在大自然的怀抱

在草丛里，它们
是一只只娇羞的眼睛
像星星一样
一闪一闪和风儿说着悄悄话
我多想和它们说上几句
谈谈缘分和命

云朵写意

一朵一朵洁白的巨型棉花
在天空悄然绽放
清风徐徐，令我不禁想：
那种纯净的白分明
是童稚无邪的梦
是忠贞不渝的爱
是相扶到老的真挚

不经意间
清风手持现实的镰刀
收割着那大片大片棉田

绿色期望

当我沉浸于秦王川的一株野草
我期望：
秦王川是一片丰美的草原
它野蛮生长，能为地球
减轻呼吸的压力

我期望
在楼群的乌灰色森林里
它能使绿色一滴一滴渗进
城市的每个细胞
如此，便可为天空缓解病痛
如此，便可使城市生机勃勃

我期望
所有人都是环保的使者
为家园的健康和生生不息的血脉
践行大爱自然的使命

天空的诗意

如果要为秦王川湿地公园

拍一张蓝底证件照
选择背景
那么它头顶的那片蓝
就是一块天然的幕布
用这块幕布做背景
不仅能拍出它的魅力
还能拍出它的诗意和道
比如：
一枚绿色的嫩芽把头伸向云端
一双翅膀在空中写下一首诗歌
一幅八卦图在水洼里活灵活现

自然的神性

在这块清净辽远的湿地上
你可以放开步子奔跑
也可以闲庭信步
你甚至可以找一个亭子
在里面打坐或者
静在你自己的心里
悟一悟生活
想一想故乡和母亲
你还可以抛开一切
把灵魂交给自然
让神性的自然为你解压排忧

诗意营养着的银武威（组诗）

速写武威步行街广场

步行街广场画布中央
谁画了一条湍急的彩色河流

拉二胡的艺人把日子拉白拉旧
把滴血的命运拉成独特的街角文化

那股带有乡愁的烤鸭味还在弥漫
闻到它就闻到了一种踏实

失身的燕子依旧被马蹄
踩在郭沫若先生的才华里默默低吟

我不过是时间挤下的一滴墨水
装点过画布某时的画意后还将被时间拭去

鸠摩罗什寺的禅意

寺院坐在那里
本身就是一尊大佛

鸠摩罗什的那枚舌头

还在佛塔里低声诵经

寺院里的清静
源自风摇响的那几只铃铛

木鱼声声如雨点
渗入参观者虔诚的心灵

静默于一炷香跌落的泪珠
我仿佛听到灵魂在轻轻啜泣

凉州植物园的诗意

沉默了百年的核桃树老人
用沉默教会了我什么是奉献

摩天轮说给天空的情话
是他说给她的那句悄悄话吗？

夏季的高温时光
被核桃树下划拳的人喊凉喊出爽

那一池亭亭清荷用君子的风度
把凉州的诗意和美款款绽放

凉州贤孝之《王哥放羊》写意

王哥从张天茂嘶哑的嗓音里
赶出十二只羊来

弦音凄切，十二只羊
是王哥一年里的十二种疼

经年累月的孤独和难
把王哥的梦想破碎在现实的戈壁

夜色墨水一样浸透黄昏
我被王哥的疼莫名传染

南城门楼素描

"凉州"二字宝石一样
被嵌在南城门楼坚实的身体里

三口涵洞像三条河流
把车流人流汇入凉州广博的怀抱

城楼上彩旗挥手致意
银武威牌匾露出银光微笑

天空湛蓝，风自西而来
凉州城仁立在厚重的岁月里

疏附十章（组诗）

乌帕尔赋

不周山腹地的樱桃
红了。那时候麦芒锋利
未经粉饰的乌帕尔
已被举上枝头

布谷鸟在林间朗诵
它高一句低一句的抒情
在表达些什么？

麦浪荡漾
麦浪把那个锄草的人
扭弯又扶直

四十眼泉经年累月
用一点一滴的深情
营养出
世间罕见的周全

走在一个人的田野里
我远不如一只蚂蚁幸运
自由，多次把我引入
另一条暗道

木什谣

站在木什断崖处
我被天工之美长久攫住

在众神守护的天门山
窟窿填充了另一种美

山风带刀而来
几株野草以利刺相抗

空谷如钟
牧羊人借羊群撞响

隐秘。旷远。袭人。
怪坡之谜愈加深不可测

兰干辞

去兰干镇时
我又想起在赏心亭
把栏杆拍遍的辛弃疾
他无人会的登临意
使我在沿途极目远眺

那时春意渐浓，蜜蜂花心
被数万朵桃花大写的兰干

分明是一处粉红色仙境

有人在青苗田里绣花
有人在桃林间问诊
也有人在乡愁中自持

抵达。叩问。思量
我站在井口对着地下水
和另一个自己和解

站敏帖

核桃晒干了，哗啦啦
发出碎银子碰撞的声音

它们被销往五湖四海，但售价
跟种植者的心血并不等价

想到故乡的那棵核桃树
核桃树下已散架的秋千

那些被晃走的童年时光
跟一个人的成长也不等价

铁日木书

车子驶过铁日木时

我试图寻找陌生的注解

对某个地方没有期许
遇见便黯然失色

那些鲜为人知的故事
终将隐匿于历史长河

风无数次拂过
深刻的往往是柔软的

托克扎克抒怀

凌晨以后的肖古孜东路
静如它头顶的橘灯

我时常借橘光回家
有时也借星光和月光

从冬雪纷纷到夏蝉啾啾
我蜕去的岂止是外套

现实巨浪翻涌而来
我的理想之舟颤颤巍巍

布拉克苏断章

盖孜河水时常铁着脸
谁也不知道她经历了什么

而青布拉克湿地
常被蛙声和虫鸣一遍遍擦拭

一双翅膀剪开的视野里
水草、野花……肆意疯长

每次路过那一叶绿洲
我总抬头望向远处的雪山

塔什米里克记

柏油路上
一驾马车摇铃而过

坐在高车上的人们
跟嗒嗒的马蹄一起晃动

外来之客摇下车窗
他们看到了什么？

木亚格杏如石头
年年岁岁被运往远方

我长久困顿于贫富之间
像河中失桨的小舟

吾库萨克歌

当都塔尔动起筋骨
我饮下浓烈的孤独
翻江倒海的音符
点燃乡愁的序曲
当热瓦普谈起密语
我调大想家的愁苦
欲说还休的乐谱
唤醒心灵的倾诉
一年年流逝如雾
一岁岁横飞双鬓
故乡是一剂酸苦
多次解救漂泊的心
故乡用酒把游子灌醉
像乡音传到游子心窝
故乡用爱把游子召回
像孩子回到母亲怀抱

萨依巴格写意

那段琴棋书画的小日子
被一场雪封存于过往

听惯了窗外的鸦声
一些俗话也开始变味

结在枝头的萨依巴格
一天天愈将熟好

每当我走远或迷失
某些碎片总在起点召唤

鹰说 （组诗）

絮　语

我之大在于翅膀
我之小在于命

我在天空画布上
重复写着
世间最小的大字

断崖使我孤绝
但却给我家之温暖

我蹲在高处阅读
和低处的沉思者一样
对生存哲学存有疑问

引　语

高处不胜寒
而我情愿在高处垂钓

垂钓帕米尔
垂钓慕士塔格雪峰
垂钓某些无声的泪垂

野兔、旱獭、老鼠……
它们各有其可爱

为了高翔
我必须把噩耗之箭
多次射向它们

呓　语

某些时候
我把自己嵌入飘云

我的黑
替云朵睁开了眼睛

翻阅过雪山、戈壁、绿洲等书后
我突然明白了什么

疲惫之风自翅膀而起
吹走我多余的感悟

细　语

我的声音是闪电
总是击中那些独行者

我经常跟自己对话
在沉默的时候

总有神在遥控
我出奇孤傲的一生

翱翔使我忘却
断崖之间童年的创伤

风　语

我常把天空当作大地
因为天空使我认清自己

我有时一圈圈打转
想把天空裁开一个洞

风是我的坐骑
我扯着气流缰绳驾驭它

为了抵达，我必须离开
为了活着，我必须走向死亡

诳　语

看！我用双翅剪开了飘云
看！我用眼球装下了人间

我从不让自己流泪
哪怕亲手摔死最爱的儿女

我的气节是万丈断崖
它抵得住现实的一切不公

苍生滔滔，苍生不绝
我是天际最永恒的王

喀什写意（组诗）

香妃墓

浩罕村静如
一口尚未敲响的大钟

红嘴鸦隐匿于旷野
辽远里几粒哀鸣悄然洒落

墓室，棺椁和逝世者
都已在时光的巨床里睡熟

我这个异乡人的脚步声和鼻息
是否打搅了香妃的美梦

游疏勒张骞公园

马蹄高扬，天地旷远
端坐马背上的博望侯目视东方

千年前他紧握使命手杖一路向西
用丝绸换来葡萄、西瓜和短暂安定

千年后，他名叫丝绸之路的女儿

将他西行的步伐一再延伸

静默在张骞公园的整个黄昏
我心跳虔诚，灵魂安稳

隐于信仰深处的喀什噶尔古城

名叫喀什噶尔的西域古城
苍茫中亮出了他 5A 级的王冠

透过车窗，风声低吟
一座身披雪色风衣的城池安详如画

踏入城门，一个被爱情灼伤的灵魂
在一块被历史滋润的圣地显得格外多余

鞭抽陀螺的孩子和手拿铁器的工匠
仿佛就在一幅画里，淳朴且又自然

喀什写意

天空板着注满愁绪的大脸
沉默不语。风之手扑向树叶蝴蝶

文化街道宛若一条河流
骑电动车上班的人像坐着筏子

克里木串在羊肉串上的一生
被生活之火烤出了幸福满面

我从古老的城墙里读懂
美的含义和历史的厚重

莎车笔记（组诗）

规划馆

我从车窗向外远眺
一座灵动的建筑孩子一样
熟睡在莎车广博的怀抱

天空布满大片大片阴郁
树叶窃窃私语生怕惊到诵经的蝉
我满怀虔诚走向莎车规划馆

"莎车图文信息中心"八个字
被余秋雨先生写得像一株胡杨
栩栩如生，挺立在风尘里

在规划里，我目睹了
一座座高楼大厦即将码起来的城市文明
和老百姓日思夜想的幸福

体育馆是一只盛满雪山的银钵

端坐于莎车一隅的体育馆
分明是一只盛满雪山的银钵

我似乎明白上海援助莎车这只银钵
充满大爱和寓意深远的意图

一只鸟从体育馆顶起飞，飞向辽远
我顿时觉得在丝路重镇莎车大有可为

从体育馆附近的丛林里走过
一种离情别绪爬山虎一样开始攀爬

串在丝绸上的莎车博物馆

尽管金庸先生为莎车博物馆
题上了像他武侠小说般的精彩和玄妙

可我站在历史长河里，依然
会被丝路之父——张骞的壮举所打动

他用十三年一个来回的毅力和使命
打通了驼铃阵阵的丝绸之路

从莎车博物馆展出的历史遗迹中
我似乎瞥见中西方贸易商队正在洽谈

车过其乃巴格路

我从车子拐弯的一瞬
瞥见了其乃巴格路的标识牌

比起迎宾路、文化路、人民路
这条路有些许陌生但不乏诗意

回想车过其乃巴格路时的一些画面
我看见
第三中心小学门前一个眼神布满童真的孩子
被上班时间催得骑电动车火箭一样快的女人
被岁月染白胡子步履蹒跚的克里木老人
以及把一生像馕一样贴在馕坑上
烤出幸福生活的买买提小哥
……
车子甩出其乃巴格路后
我试图用一曲雅尼的《励精图治》为心灵疗伤

塔克拉玛干沙漠速写

静。静得能听见沙漠和海洋
孪生兄弟般密语相谈

骆驼在沙漠上书写历史
深一脚浅一脚的典故都被丝绸

织入商贸文明。鸠摩罗什滴血
的命运使他无法返回故土

一株野草把我从辽远里唤回
我知道那是塔克拉玛抛出的一个词语

莎车行吟

我想从八月九日下午六点
一颗汗珠落地摔碎的瞬间
打开莎车这个词语以及和它相关的句子

我试图用额头的汗珠来表达湿润
用一个人的孤独来表达辽阔
用一阵风的肆虐来表达气候宜人
在世界上离海最远的地方
这种戈壁滩一样荒诞的表达
或许能勾勒莎车的部分隐秘
比如
燃着柴油奔跑的绿皮火车头
打开味蕾的巴旦木和
一只扇动翅膀的蝴蝶

醉在历史高脚杯中的酒泉（组诗）

风吹瓜州

风在瓜州
就像困兽归于山林

那种野是自然的
那种烈是本性的

千万架齐转的风车
是千万灯盏之母体

一场风吹过瓜州
似乎什么也没有发生

敦煌辞

历史的断崖上
叮叮当当的凿库声
终于被清寂的禅意盖过
敦煌从一个盛大的梦中醒来
一个个洞窟就是一只只
放出慈悲之光的眼睛

悬泉置

又一个使团即将抵达
置啬夫还在一枚简牍上挥墨

驼铃旷远，丝绸如梦
信使箭一样袭来

屯垦戍边的将士们
把边关乡愁写成家书

经唯一的悬泉置
寄给长安的妻儿老小

雅丹之海

天工之手
正在雅丹之海排兵布阵

战舰浩荡，声势滔天
出征的号角响彻云霄

一只孔雀隔空飞来
狮子坐在对岸观看

风卷起沙粒浪花
一场海战蓄势待发

孤傲或雕刻青春

—— 兼致 LD

1

源头，只是为了抒情
尽管时间这条河
淌走了昨日之欢笑

在帕米尔
我多次跟走丢的羊羔同行
狼群如网、鹰眼锋利
想到你五千多页的孤傲
和三十年的雕刻
我再一次饮下
逃离，这杯决绝的美酒

2

四月如花
开在阅读的一瞬
我试图从词语里探寻美学
一如你偏执在
等价论的方程式中

夜色幕布前
星星和月亮的争论
还是没能触动
那个在黄河边
捡瓶子的人

3

秋日的海报
贴在青春的烈火上
一旦开始，将是永恒
是的！正如那些
印在五泉山、中山桥
九州台、植物园里的脚印
那一步步的叩问
和百度搜不到的傲
是不是源自
情感和词语之间的黑洞？

4

在黄河边
你把自己坐成一块石头
你是否也有过海子一样的
惭愧
尽管河水经常浑浊
但也清过几次

5

关于兰州
黄河劫走了太多
那些漫谈的时光
跟河水一样浊了又淡
我尽量用美好的词语
修饰某些青春的遗憾
可近在远方的友谊
终将成为
命运也无法劫走的永恒

6

忘却只是为了留念
模糊总是替清晰打着灯
世间最大的拥有或许是孤傲
而你独树一帜的流浪
却比兰大的那块石头更有分量
我应该借用一粒沙的眼睛
去阅读沙漠的浩渺
还是装上两颗太阳眼珠
去解剖蚂蚁的勤劳
在你"也就那样和
没什么大不了的"坦然中
我似乎读懂了你
以及你诗中的哲学

7

我时常思考艺术的底色
苦难便打开了闸门
在众多精绝的句子中
你只痛饮
三年得两句的佳酿

我们泛舟于各自的江湖
尽管孤舟独钓
但始终心怀苍生

北疆行吟（组诗）

天池之镜

西王母在何处
谁也不曾瞥见
可她梳妆的翡翠之镜
正在被秋光悄然擦拭

慕名而来的风景朝圣者
巧借此境修整
他们一遍遍
调整姿势和动作
校对好微笑的弧度
用沉醉的眼眸网罗着
镜子里外的天工之美

有人在探讨《瓦尔登湖》
谈起了独居的梭罗
谈到了安静，生活的原味
和别人的自由
也谈到了自己周遭

我急速越过栈道
远处的云彩和雾气

在头顶涌动
对于往日披星戴月的顽疾
此刻镜子里的圣景
何尝不是一剂良药

雪落禾木

把木屋建成"禾"字型
把日子和袅袅炊烟绑在一起
把楚尔的幽深吹入柴米油盐
把马匹和羊群还给山坡
把白雪和乌鸦定格于一扇窗
把禾木河水当作一条翡翠丝带
挂在禾木村的脖颈
把御园山庄精致的饭菜
和长夜里的星星一并吞下
把灯光的萤火虫
点缀于每一间木屋
把德西带有蒙古语味道的问候
再回想一遍
把禾木村安放在一张
雪的稿纸上
图瓦人如画的故事
就像谜一样
在阿勒泰山区里愈加光彩夺目

喀纳斯赋

在去往喀纳斯的路途
我再次印证
最美的风景总是藏在
最鲜为人知的地方
这个极为真理的真理

十年前，沈苇先生
用"一个风景的宇宙"
诠释了喀纳斯的盛景
在他的颂词里
喀纳斯岂止是喀纳斯
让我斗胆写几句
关于喀纳斯的短句：
无限清新，无限空灵
无限攫住你的是什么？
是泰加林的闪闪金光
是哲罗鲑的神秘倩影
是翡翠月牙出没于
白昼的大地
是神仙湾里
是否有天仙的疑问
是干净的风除去你
心灵的灰尘
是清冽的湖水洗掉你
仓促过活的疲惫

是大自然的真美
治愈你灵魂的虚妄

五彩滩短章

抵达五彩滩时天阴着
但我还是看到了自己的五彩滩

美丽的风景不仅限于看见
有时感觉也是一双眼睛

硅化木、陨石、雅丹地貌
各有其彩，远处有水滩和

即将枯去的芦苇，它们在
自己的版图上各尽其力

一只鸟就是一个信号
由一个巢发往另一个巢

就像我们，从一个地方
前往另一个地方，肩负使命

一颗明珠的哲学（组诗）

1

一曲木卡姆的天籁唱响
挂在叶尔羌河银链上的泽普明珠
和塔克拉玛干沙漠的日出
仿佛异曲同工

凭借文化润疆的和风细雨
耀眼的泽普再一次
擦亮了引吭时代高歌的金嗓子

2

借以鹰之雷达扫描泽普
七百零四只传说中飞来的凤凰
和时间一半久远的老人
正在法桐公园里窃窃私语

而金阳湖那面治愈之境
已让那些风尘仆仆的人温润起来
四万亩胡杨
用细腻的忍耐，哺育着塔里木的生态

3

葫芦醋已被盖上历史的烙印
长寿的机密始终虚无缥缈却又木已成舟
打开一颗红枣，皮薄肉厚的内涵
就是有机泽普的无机铁证

提孜那甫河滔滔不绝
似乎向昆仑母亲倾诉着什么
白露过后，牛羊把秋天越啃越高
到了奎依巴格就到了沈括预言成真的现场
一座座井架，垂钓着黑色之光明

4

"夫妻树"的爱情已不必赞美
他们在漠风深处琴瑟和谐，也无须
给出我爱你，这句最撩人的誓词

一盘水磨在戈壁滩上问道
它把守磨人的日子碾碎、碾细
碾出南疆农耕文化的最后一声叹息

5

金湖杨在余秋雨先生的笔墨下
愈加优美，仿佛每一场秋雨过后

前来阅读金湖杨的人
都能读出《千年一叹》的滋味

一截被历史半掩着的胡杨木
好像一架千年不朽的哲学天平
一端拎起千年之生
一端放下千年之死

新疆镜像（组诗）

风光特写

一匹马借着唐布拉草原的幽静
为塞外江南打响旅游大会的响鼻

湖怪现身，一个风景的宇宙 [1]
时而被时光之笔撰写成雪都的童话

素颜的赛里木湖，只需见一面
就能把凡心沉重的人拉回清澈

丰碑般矗立的博格达峰沉默不语
它一定替祖国的边疆扛起了什么

独库公路打通四季之经络
它还为旅行者的想象埋下伏笔

北庭故城里弥漫着汉唐的气息
一些碎片补上了历史的空白

孔雀河蓄满一身青绿

1　一个风景的宇宙引自诗人沈苇的《喀纳斯颂》。

羽翼扇动间给香梨送去无渣[1]的补给

沙退人进并不是一个神话
柯柯牙绿洲的葳蕤给出了证据

高台民居的巷子愈加深幽了
走进去，就能瞥见时光的皱纹

梦幻尼雅已被风尘擦去
像被人们从梦的笔记本上擦去一样

环沙漠铁路终于开通
它仿佛为谁画上了圆梦的句号

风骨流芳

张骞"凿空"的脚步声
还在丝绸之路的深处回响

或许，她[2]的伟大在于远嫁
在于为西汉解除了上百年的远忧

玄奘途经焉耆时的焦虑
已被木鱼敲入佛经的辩证法

"正是天山雪下时，送君走马归京师。"
那历史的雪花，曾为岑参的沉重送去诗意

1　引自新疆俗语：吐鲁番的葡萄，鄯善的瓜，库尔勒的香梨没有渣。
2　她指解忧公主。

借钱进疆，抬棺出征
晚清最后一块硬骨头[1]替我们收回了尊严和气节

向上的托举和经年累月的坚守
是拉齐尼·巴依卡用生命写下的时代绝句

哗啦啦的流水，多像刘虎哗啦啦
为伽师人民服务的热情

他们都是儿女，是父母，是榜样
是天山南北最闪亮的星辰

风韵写真

一阵觱篥吹来
绛宾[2]眼前的桃花就开了
弹琵琶的弟史[3]用另一根弦
抚慰着内心慌乱的小鹿
那时爱情是一封密信，熟悉且又陌生
那时他们把龟兹乐带回了西汉的千秋大业

羯鼓的回音已穿透历史的册页
被玄宗敲坏的几箱子鼓槌
仿佛替盛唐的兴旺证明了什么

一曲木卡姆的天籁唱响
阿曼尼莎汗还忙碌在搜集曲调的路上

1　左宗棠被称为：晚晴最后一块硬石头。
2　绛宾：龟兹国国王。
3　弟史：乌孙国公主，解忧公主之女。

阿肯和哈萨克草原融为一体
他把家乡写成长诗，唱成歌谣

当麦西来普舞动天山南北
独具风韵的《玛纳斯》《江格尔》《格萨尔》
赛马，刁羊，摔跤，达瓦孜……
仿若新疆好地方的一个个锦囊

风情掠影

当时代再一次抛出好地方内涵的问号
在光影的哲学中
我把阅读新疆细微和宏大的镜头
持续抬高
抬过乌拉泊古城遗址的一粒尘埃
抬过地铁 1 号线的某个入口
抬过坚挺的烈士纪念碑
抬过红山上林则徐凝视的远方
再抬高
抬过国际大巴扎商品的琳琅满目
抬过克孜尔千佛洞佛像的慈悲
抬过交河故城姑师人生活的韵味
抬过天池旁那根"定海神针"的孤独
还再抬高
抬过天山北坡云杉林的葱茏
抬过塔里木和准噶尔盆地迥异的性格
抬过昆仑山与阿尔泰山最深情的馈赠
我才读到千万新疆人民的幸福摇篮
和祖国最倔强的六分之一

灵魂之重与时光的侧影

—— 青年诗人唐兴义速写

冯一统

"遂古之初，谁传道之？上下未形，何由考之？"

两千多年前，伟大的诗人屈原就发出了影响深远，意义非凡的天问。——然而令人遗憾的是：那样辽阔，深邃，充满智慧的天问却成了我们文化中的绝学，此后再也没有出现过能与之相提并论的后来者，这是历史的遗憾，还是文化的缺陷造就的必然结果？很值得探究一番。这不仅仅因为一个民族的文化品质决定着它的文明品质，而文明品质决定其历史命运。宇宙，时间，空间的本质到底是什么？它们起源的首要条件是什么？在演化的过程中遵循的自然法则是什么？人类的意识是如何诞生的？人类的认知体系是如何形成的？人类的精神，信仰，欲望，创造力又是如何产生的？……这是每一个写作者必然会遇到的问题，而类似的问题光依靠宇宙物理学家，哲学家，分子生物学家，很难给出无可争辩的答案。当然，这里所说的答案不只是某种通过实践验证过的结果，还包括事理本身无法完全还原的过程和个体的幻想。长期以来，在我们的文化属性中习惯于把科学，哲学，数学，美学，诗学等分开来解读，认识，引用，这在一定程度上削弱了艺术在塑造生活方面的重要性，也弱化了艺术对精神文明的直接影响。就拿诗歌来说吧，它本身包罗万象，承载着所有可能性，比暗物质，暗能量，比哥德尔不完备定理，比诺特定理，比纳维尔—斯托克斯方程，比悖论，比薛定谔的猫，比表观遗传学更让人着迷。诗是一切艺术皇冠上最耀眼的一颗明珠。就其本身而言，它能超越地域疆界，文化城堡，认知丛林的阻碍，它是能连通一切的艺术天使。这是诗歌在存疑观念，认知中的庄严写照。因此，阅读诗文时我总是带着更高的期待审视诗人的品格，总是从哲学的视角追思诗歌的本质属性，追思诗歌的精神内涵，追思诗歌的美学境界，且常常陷入不能自圆其说的困境，如何从中走出？或者如何走进一个新的纬度，这是阅读一流的诗作时必然会碰到的问题。——通常先从解剖核心诗句中的核心词语开始，这是一种由虚拟世界向实体，由点向线，由线向面，由平面向立体，由二维向多维扩展的过程，一旦接近想象的临界点，最初的推力消失之后，再反向紧缩，返老还童，朝源点自由下落，企图透过这样动态的过程，寻找诗歌的动力之源，遗憾的是有时你不得不承认：这是一种徒劳，正如越来越多的人所意识到的那样：时间，空间，并不是我们通常所认为的那种基本"虚体"。而诗歌的力量源于文本对人类思维，思想所产生的间接作用引起的条件反射，但在人类所能重复有关认知的最深层面，它不一定必然存在。为此失落之余，也总会想起阿尔伯特·爱因斯坦的名言："有两件事是无限的：宇宙和人类的愚蠢。"借此自我安慰：在无垠的宇宙面前，人类能做的，能知道的，能完全理解的非常有限，在一个很小的空间内，倘若能有所作为，也就能坦然面对所有的结局，毕竟当一切不可避免地都被时间淹没之后，我们的记忆中还有诗，而诗是人类永远的精神灯塔。然而对个体而言：时间终究是时间，在它这里，从一开始，人就失去了选择的自由，失去了与它谈判的筹码，即使你不可一世，富可敌国，智慧超群，家世显赫，一不留神，它仍会悄无声息地将你丢在一边，不理不睬，不闻不问，直至过了许久，你还是不知所以然，不明白时间为何会这般冷酷？不明白你的不可一世在它那里为何不堪一击？而你觉得你有权利知道这背后的秘密。问题是不管怎么挣扎，有些谜题就是无法解开，有些问题就是没有答案，这不需要特别的理由加冕。缘起缘灭，生死别离，春去夏来，秋去冬来，无限循环，所谓"有源于无"，这能需要什么理由？

读唐兴义的《时光棱镜》时，我常常想起法国的丹齐格说过的话："一位伟大的作家不是一个人，而是一只老虎。他从林中空地走出来，齿间含着一束鲜花。"（引自丹齐格《什么是杰作？》第244页，广西师范大学出版社）这束花是诗人的魂。透过诗句的意象，再次从幻想走进现实，从肉体走进灵魂，无论是以想象的方式还是通过艺术形式，都无须解释，这时任何一条理由都是一个陷阱，与它纠缠得越凶就会陷得越深。与其这样，倒不如回归自我，这个时候你将明白：在这个世界上，没有人有资格做时间的对手。你能做的就是好好活着，给生命更多精彩的注解，给他人更多精神遗产或智慧启迪。

是的，光有前面提及的那些还远远不够。想起多元化对文学发展的重要性，我明白诗歌与其他艺术，与其他文体相比各有所长，除了表达形式上的差异，本质上并没有优劣之分，但在我的心中，诗歌高于其他艺术。在阅读古今中外的诗歌作品时，常常陷入无可奈何的沉思，常常被震撼，身临其境，感同身受，产生心灵共鸣，常常能读出生活的另一番滋味，常常能读出人类永恒的精神困境与复杂的现实之外的另一种可能，当然，读唐兴义的诗时也不例外，之所以会这样，我想原因是多方面的，且每一种原因都有其合理性，概括起来，这与唐兴义诗歌的特质息息相关。

诗是诗人思想的辞海，诗是诗人生活的地图，诗是诗人生命的化石。目前为止，唐兴义写的诗我基本上都读过，单从文本，创作特色的演化来看，他受中国传统诗学，哲学，文化的影响是很大的，从题材，构建形式来看，成长背景，生活环境，地域，现代派诗歌理论对他的影响也是很大的。奔波于城乡之间，这是很多当代诗人的真实处境，有人认为这对一个诗人的影响是有限的，或许也有人认为这种处境并不一定影响诗歌本身，事实当然不是这样。站在历史的，长远的角度来审视，剖析我们所生活的这个时代，不难发现，我们正在经历人类历史上最深刻的变革，一种全新的文明生态正在加速成长。而随着冷战在形式上的弱化，随着科技对人类生活的影响越来越大，随着互联网，社交软件的广泛应用，随着商品的全球化，不同文明，不同的文化观念，第一次如此广泛地同时出现在不同族群的生活中，这种影响当然也会进入文学生态，或多或少也会影响到诗人的创作，唐兴义当然也不例外，只是影响相对比较小而已。

在认识唐兴义之前，有段时间，我常坐在兰大毓秀湖与烈士亭之间的小桥中央，听歌打盹，或者妄想一些类似笑话的笑话：假如我是造物主，我将以什么哲学思想建立宇宙运行的原理，或者盯着倒映在湖水中的垂柳，梧桐，桦树，金玫瑰，假山，细细咀嚼着透支的秋味儿，淡黄的柳叶，被细微的破洞密织的梧桐叶浸泡在绿水中，犹如沙场上骨碎魂散的残兵败将，彩色的小鱼群从其身下游过，也不吱一声，这情景难免让人挂记起《秋词》描绘的画卷：晴空一鹤排云上，便引诗情到碧霄。那诗人呢？流落在旅途，还是已被红尘埋没？

　　这一问，才又记起那天中午约了与唐兴义见面，那天我也确实一直在校园等他，于是匆忙赶到兰大门口接应，一时没有看到身影，料想他还在公交车上，正在赶来的路上。有点无聊地瞅瞅朦朦胧胧的天空，络绎不绝的车流，匆匆而过的人群，无语，转身迎面瞅着兰大的校门，兰大还是这个兰大，五湖四海的人来了又走了，干干净净，什么也没留下，门前的槐树病恹恹的，残败不堪，校门上方的四个鎏金大字虽褪了色，但是，底蕴犹存，可兰大呢？何时才能重振雄风？没想出答案，电话铃响了，是唐兴义到了。过斑马线时我很快从人群中辨认出了他：平头，瓜子脸，微瘦，个儿略高，背着书包，穿着黑色的拉链衫，牛仔裤，白色的运动鞋，步履矫健，似有踏雪无痕之感，靠近了，寒暄时才发现他微微地喘息着，好像有点紧张，拘束，腼腆，那双微陷在蹙眉下的眼睛清澈，柔和，深邃，一开口说话，先是上下齿紧咬在一起，脸上的肌肉绷得紧紧的，一笑，两个深深的笑窝恰如镶嵌在脸颊上的两个凹字，自然和谐。

　　我们第一次交谈的地点在毓秀湖畔，除了谈讲座的事，还杂七杂八地谈了其他事，那时唐兴义还是西北师大的一位在校生，一个文学社的社长，因为都喜欢写作，偶然的机缘让我们相识，又因为唐兴义的抬爱，为我提供了一些与他共事的机会，后来渐渐地熟悉了，我常去西北师大玩，他有时也来兰大玩，我们一起漫无目的地讨论卡拉比－丘成桐空间的物理意义，Yang-Mills Theory 对当代物理学的革命性贡献，Nash equilibrium 对地缘战略学的实际影响。也讨论 Arnold Joseph Toynbee 的《历史研究》，Zbigniew Kazimierz Brzezinski 的《大棋局》《大抉择》，Samuel Huntington 的 *The Clash of Civilizations and the Remaking of World Order*，Francis Fukuyama 的《政治秩序的起源：从前人类时代到法国大革命》，

Avram Noam Chomsky 的《转换分析》，Albert Schweitzer 的《文明的哲学》，Bertrand Arthur William Russell 的《西方哲学史》《心的分析》，Sigmund Freud 的《图腾与禁忌》，Ludwig Wittgenstein 的《数学原理》这样的著作。也讨论伽利略，布莱尼茨，牛顿，麦克斯韦，卡文迪许，法拉第，爱迪生，高斯，特斯拉，爱因斯坦，波尔，普朗克，庞加莱，图灵，佩雷尔曼，乔布斯，比尔·盖茨……也讨论近代中国为何不但没有孕育出开创性的科学巨匠，而且还一再痛失历史机遇，元朝痛失火药革命，明朝痛失大海运革命，清朝痛失工业革命，20 世纪痛失科技革命……这种意外汇聚在一起就绝不是巧合了，在人类漫长的发展史上，我们的祖先创造了灿烂辉煌的中华文明，在 18/ 世纪以前的世界史上，中华文明绝大多数时间处于世界领先地位，那么导致近代这种悲剧的内因到底是什么？这个问题太庞杂了，我们谁也说不清楚。这期间讨论文学问题的时间反而最少，原因之一：我们都视自己是对文学一窍不通的吴下阿蒙，也不认同类似"所谓文学价值评价标准，就是评价文学价值的尺度、依据、准则"（敏泽、党圣元：《文学价值论》，社会科学文献出版社 1999 年版，第 389 页）这样的标尺。

唐兴义的家乡地处西北历史名城武威市凉州区丰乐镇，这是河西走廊上一个并不引人注目的小镇，多数人靠种田为生。改革开放后，随着南方经济带的加速崛起，对全国各地，特别是北方年轻人的吸引力随之剧增，"孔雀东南飞"成为势不可挡的时代潮流，在"一带一路"未提出之前，有段时间，像武威，甘肃，甚至西北的好多地区，似乎早被人们遗忘掉了，偶尔被提及，还常常与恶劣的天气有关。但在中国历史的版图上，北方兴，河西走廊兴则国家兴是一个引人深思的现象。这里文化底蕴丰厚，是佛教最先传入中国的地方，像鸠摩罗什寺，像出土了马踏飞燕的雷台一号汉墓，像白塔寺（历史上著名的凉州会谈就在这里举行），像武威文庙，都具有深远的影响。作为联通欧亚大陆的咽喉要地，武威在历史上长期处于国家战略缓冲地带，直至大海运革命在全球的崛起，海洋性国家获得对传统型陆权国家的支配权，中国进入屈辱世纪后，西北步入全面衰退状态，加上环境因素的制约，至今都没有完全走出这种困境。而这样的环境自然会重塑当地人的性格，思维模式，生存哲学。

对不熟悉历史背景的外地人来说，在这里求生实在是个难解的谜。但对唐兴义来说，"春江水暖鸭先知"，他在《戈壁写意》中写道：

> 牧羊人
> 好像忘记了世界
> 他坐在羊群扭过的云朵下
> 用沉默替换孤独
> 一只鸟疾速飞过
> 羽毛的轻
> 拨动他的沉重和疼

他在《小亚郎湿地的风筝》中写道：

> 羊群歇在夕阳下
> 把黄昏嚼得津津有味
> 湿地上追风筝的孩子
> 呼声里渗出一丝带笑的春意

这是他的史诗。上大学前，唐兴义的生活大多数时间一直都围着武威这座城的四周转。在他的青少年时期，每天一出门总能听到刺耳的火车警笛，总能看到连绵不断的祁连山，总能看到从地平线上升起的红日，总能看到与荒漠交错的农田，总能看到它落后于时代的现实，总会想起外面的世界是什么模样？祁连山的后面还是山吗？石羊河最终流到了哪儿？在田间地头与小伙伴追捉野兔时，偶尔有鹰盘旋在头顶，好奇它在寻找什么？……多年后，这样的经历，这样的生存环境成了唐兴义诗歌创作的灵感源泉，以至于步入社会后，每当生活中出现某种现象，困境，欢乐，悲剧时，他能更快地理出问题的本质，以诗歌的方式作出文学思考，文学表达。唐兴义早期诗歌中的质感，烟火味，对历史的反思，时代性均与此有关。

语言是诗的大脑，如果脱离了语言本身，仅凭对诗的结构技巧，承载的内容等方面的理解作为评价诗的主要依据，显然不尽合理，某种意义上来说，语言的特色深刻地影响着诗歌的品质。新诗进入中国后，很长一段时间，写作者和读者均未充分意识到这一点。唐兴义诗歌创作的初期也一样，过于注重情绪的宣泄，有段时间大有陷入万物皆诗的泥潭不能自拔之嫌，不过这种状况并没有持续多久，就步入了正常轨道，且越来越重视语言的重要性。他在《渴望》中写道：

> 我渴望语言之神 眷顾我的抒情
> 就像
> 两片嘴唇在灰色的海洋里
> 渴望一滴露水

有次与他谈及现代诗，谈及华语诗坛的现状，谈及好诗为什么这么稀缺？他问我的看法。

"新诗本来就是个发育不良的畸形儿。"

"具体点？"唐兴义看着我问。

"新诗就像中国主流文学（不同时代有所不同，但对新诗的影响有限）娶了一个年轻貌美，婀娜多姿，身份神秘的外国公主，出于种种目的，大多数文人墨客都想挤进来吃一嘴，但真正有天赋，有学识，有毅力，有条件进行系统性创作的诗人，至今还见不到影儿，读过一百本诗集后，你能切身体会到三流的复印机越来越多……"

"你是说现在的诗人普遍缺乏综合素质？"

"华语的新诗史上还没有出现过集大成者，我认为，现代诗对诗人的哲学，数学素养的要求是空前苛刻的，这两种素养的同时缺失，导致任何在艺术上，理论上寻求大突破的努力都更像缘木求鱼……"事后我也曾反思过自己的这种拙见，但没找到反对自己亲身感受的理由。

初入职场，唐兴义也曾有过自己的无奈，他在《喀什麦趣尔》中喊道：

> 除了写几行冒汗的句子
> 似乎没有什么更适合我

咸味十足的词语
　　一滴一滴从心底渗出

　　当然，这是任何一个初入职场者都会经历的过程，这时如果唐兴义再想起《诳语》中的诗句：

　　苍生滔滔，苍生不绝
　　我是天际最永恒的王

　　我想他依旧会告诉自己，这是他曾经傲视一切，激励自己有所大作为的青春宣言，这也是他心声的公告。然而乡村生活与城市生活，学校生活与社会生活有着极大的区别。随着生活角色的不停转变，他已经由一名大学毕业生变成了服务人民的一员，他由父母的儿子变成了一个女孩的老公，一个小宝贝的爸爸，现在不得不操心曾经不屑一顾的柴米油盐酱醋茶，当这些重担同时压在他肩上时，对人生的艰辛，生活的不易，对事物的多面性将会有更深刻的体会，这都是他诗歌创作的重要素材，并努力将思想的纬度装进诗歌的空间，最好能在两者之间自由切换。事实是那种现状对他的影响是短暂的，他在《新的一天又开始明朗起来》中写道：

　　脏了许久的天空
　　终于被洗得瓦蓝锃亮
　　我披着一身惭愧
　　站在疏附的某一天
　　害羞的太阳温柔尽失
　　而新的一天
　　又开始明朗起来

　　这何尝不是他内心的真实写照呢？
　　早在大学的最后一年，唐兴义的诗就比以往写的耐读，有味，那种朴素的美，真诚的痛，与他自身吻合得极好，诗如其人。那时读他的诗，心头常会自觉地咯吁咯吁震颤一番，顿感诡谲而又亲切，这时我会习惯性地翻出他之前的作品进行量化分析，用哲学标尺丈量作品的品质，但从不轻易下结论。有时唐兴义也会问及我对他诗的看法，很长一段时间，我的回答常常就那么几句：刚入门，要下功夫，多摸索，要多读哲学，数学方面的著作。要从内心深处明白："愚钝是宗教之父，而哲学是智慧之母，数学是判定两者属性的法官，诗歌呢？应该扮演起自由联通这个系统纽带的角色。"除此外连一句好话，甚至一句鼓励的话也没说过，倒是不停地催促他强化绘画，抽象思维的训练，尽量抽出时间天南海北地到处走走看看，尝尝人间百味，我想唐兴义自然明白我的言外之意：苦难是艺术的结晶，它有时比天赋更重要，更能影响一个人的心智，而现实生活最容易将一个诗人打磨成俗人，将一个恶人净化成一个诗人。在这样的境遇中，倘若不能被生存游戏打败，依然故我，那么衡量一个人的标尺就该由点向线延伸，由单一性向多重性，系统性延伸，由时效性向恒定性延伸，由物性向空性，灵性延伸。我总是以这样的视角考察唐兴义的诗。现在想起来，内心总有一种不安，难道这是唯一的方式？就不能委婉一点？当然不是，但的确是最恰当的方式。康德在他的哲学名著《判断力批判》中指出："一首诗可以写得十分漂亮而又优雅，但没有灵魂。一篇叙事作品可以写得精彩而又井然有序，但没有灵魂"。再次反思，再次翻阅文本，答案如故，对我而言诗是智慧的灯塔，艺术的圣殿，古往今来，能登堂入室者始终少之又少，因为写诗太难了，写诗的代价，成本太高了，这本属于另类天才，疯子，富翁们玩的独幕剧，如今降落在一个为生计而奔波的青年身上，可谓喜忧参半，唯一能做的就是祈祷天佑唐兴义，既然写诗是一场冒险，既然已经知道最美的风景总是藏匿于鲜为人知的地方，那么知难而进不失为一种壮举。他在《呐喊》中写道：

熬过宿命的酷刑
我要用喷火之笔撰写人生

是的，写诗是一趟没有尽头的远征，只有走得足够远了，才会心有所悟："神即道，道法自然，如来。"即使暂时无法抵达，有些尝试对个体同样意义非凡。唐兴义在写作上是很用功的，也善于自省。他常常在小本子上，手机上写下忽然想起的句子，然后在条件允许的情况下，有意识地步入类似的情景，寻求诗神的恩典。这里所说的恩典大家都明白就是融入一种意境中，将句子升华成诗，再剥离出来，再一句一句地组装起来，暂时忘记分娩的痛苦，细细体味一首诗诞生的过程，对唐兴义而言，这也是生命重生的过程，绝不能有任何闪失，因为诗中暗藏着种种可能性，而灵感转瞬即逝，一旦失去，后会无期。除了工作，外出，吃饭，学习，阅读，睡觉的时间外，他所有可能的时间都用在了写作上。困了，喝一杯泡茶，累了就听听歌，趴在桌子上，床上写，腿脚酸痛了，麻木了，活动一下，继续战斗，不问收获，专注耕耘，坚信功到自然成。他在《放下之后》中写道：

> 用时间把时间更替
> 用灵魂把灵魂灌醉
> 上帝之手
> 伸向醉酒的天地之间

唐兴义为人处世温和厚道，乐于奉献。在做《原上草》文学社社长的那一年，常常碰到很多糟心事，有一次稿件早已编辑好，出刊的时间已过，可印刷的经费学校迟迟批不下来，看着他四处奔波，筹措经费，常常站在学校几个领导的办公室外等啊等，从春暖花开等到了大雪纷飞结果还是等啊等，看到他跟打印店的老板一次又一次地点头哈腰，说好话，求情再宽恕几天《原上草》打印费的情景，让我十分钦佩，打印店就在学校的门口，小楼的二层，天天客户爆满，老板中等个子，微胖，脸面通红，说起话来客客气气，但算起账来万分精明，分毫不差。有一次我去打印书稿，唐兴义之前也在这个店代我打印过同一部书稿，排版时老板瞅着我一愣，问："你是唐兴义的同学？"

"不是，我是唐兴义的下属。"

"唐兴义做老板啦？"

"没有，唐兴义一直是我的精神领袖。"

"回去了，你让他来见见我。"

"对不起，老板。在唐兴义那样真挚的人面前，我连呼吸的勇气都没有，更别提带话了……"

老板满脸的不解，微微地激动了一番，嘴都张开了，好像有话要说，大概见我绝无玩笑之意，又端端正正地坐在电脑前，滑动起了鼠标，嘴里自语着：唐兴义是最讲信用的学生，这点我知道……那天黄昏，我带着刚打印好的书稿，独自坐在湿地公园的一个凉亭下，翻看唐兴义参加一些学校活动时的照片，是的，唐兴义还是那个唐兴义，表情虽有点严肃，但笑起来却像一条跃过水面的游鱼，总会传出一片笑声。翻看上一年的《原上草》时，竟有种莫名的感动，为了等候余华先生给《原上草》题字，在金城大剧院听完余华先生的演讲后，唐兴义早早地等候在贵宾室门口，接待的人一会儿说余华先生不再出面，一会儿又说会安排签名会，貌似等了很久才写了下来，而余秋雨先生在音乐厅的演讲结束后，就从后门逃走了，没等到其人，看到唐兴义焦急与不安的神情，文学对年轻人有这样大的诱惑力，实在是个难解的谜，而唐兴义为了公事屡屡遭受不公平对待，竟连一句抱怨的话也不曾说过，这就更难理解了。文学为什么会有这样的魅力？我不知道缘故，也不希望知道。

唐兴义为人善良，真诚，重情重义，没有被现实抹掉那份天生的纯真，遇到了挫折，只会寻求解决问题的途径。有一次我跟他参加陌上书会在兰州新区举办的采风活动，为了防止第二天堵车拖延其他人的时间，加上在活动举行的前一天，还要参加在甘肃大剧院举行的西部诗歌分会，我们提前在火车站对面的宾馆订了房。我依稀记得那天在听著名文学评论家张清华先生，李敬泽先生，著名诗人欧阳江河先生，翟永明女士对谈时，唐兴义一直做着笔记，时而陷入沉思，在提问环节，他提的问题让我这个最熟悉他的人也心中一惊，后来在贾平凹先生的新书研讨会上，在雷达先生，余华先生，苏童先生，王蒙先生的讲座上，都发生过类似的一幕，这时才明白，原来这是唐兴义的常规操作。那天忙完已经很晚了，顺路带他去一个茶馆坐着喝茶聊天，我原本是一个沉默寡言，极度喜欢安静，自由，不善言辞的流浪者，与唐兴义一起时总是唠唠叨叨个没完没了，天南海北地永远找不到边际线，有时连我自己都感到惊讶。当然那晚的情景也一样，回去时已经很晚了，在宾馆门口，一辆疾驰而过的丰田将一只正穿过街道的猫撞飞，猫当场毙命，看到唐兴义那种痛苦的表情，我才反应过来：区别人与动物的不是对酒的嗜好，而是自觉的怜悯之心，对所有生命的敬畏。进房后，唐兴义静静地坐在床上，瞅着电视一动不动。我打开窗户，看着挂在群山上空的一轮圆月，仔细寻找那一只猫的尸体，街上迷迷糊糊的，什么形体完整的东西都辨识不出来，我真担心那猫早已被来来往往的车辆碾成了尘埃，返回床头问唐兴义："假如那只猫也会写诗，它会如何看待命运对它的不公呢？"

唐兴义看着我，眼圈有点发红，对我的问题有点意外，但很快回答说："认命吧！不然还能怎样……"

"认命？"

"肉体死了就不会复活了。"

我简直想不出一句反驳的话，只好说："也是。"

"要好好珍惜眼前的一切呀！失去了就再也没有了。"

这么简洁明了的一句话，直到几年后我才完全明白了它的意思。

唐兴义爱憎分明，爱好广泛，有学养，人品见识都值得深交。除了喜欢阅读，歌唱得也不是十分业余，吉他也会一点点，二胡估计也能拉出个模样，埙能吹出完整的曲子，相对而言口琴吹得最好，他在大三时，有时深夜跟我聊天，发几段他吹埙的语音，逗得我立刻搁下计算方程的笔，一遍又一遍地听，一次又一次地笑，竟而忘了时间，清醒过来时，往往天已大明。他在《曾》中写道：

> 显微镜偷窥到昨天
> 一粒尘埃
> 埋葬了王

在参加唐兴义毕业典礼的那个上午，我早早地起床，收拾一番，一改多年的邋遢做派，透过窗口看着楼下的操场，操场上空无一人，对面的黄土坡上也是灰沉沉的一片，野草，树木辨别不清，只有几座信号塔清晰明了，回头看着唐兴义的四位室友，竟有种说不出的感觉，想到唐兴义的学生生涯就这样结束了，想到他今后再也不会住进这间见证了他四年大学生活的宿舍，想到我再也不会以探访朋友的名义走进这间编号为6037的宿舍写作了，有点留恋，有点无可奈何，但是为了不让这种情绪流露出来，影响他人，我急忙溜进水房，将水龙头开到最大，冲洗了一番发热的脑袋，重新返回宿舍后，发现唐兴义已经醒了，躺在床上，神情有点疲倦地在看手机。该起床了，洗漱一下，准备参加毕业典礼吧！在唐兴义答应的那一瞬间，我突然觉得自己不该这样催促他这么早起床，因为我知道：一旦诀别，后会无期，以后再也不会有在这张床上睡觉的机会了，于是又说：时间还早，你再睡会儿吧！唐兴义苦涩地一笑，没有言语。我再次透过窗口看对面的图书馆，食堂，以及四年来唐兴义每天都会走过的路，回忆前天晚上一起看学校为毕业生筹办的毕业晚会的情景，回忆唐兴义在黄河边的一棵柳树下对我说：大二时，有一个晚上，他在这里唱了一整夜歌，回忆在植物园，五泉山，白塔山，国学馆，中山桥，培黎广场，在大剧院一起玩，一起讨论一些乱七八糟的问题的情景，想象着唐兴义独自坐在图书馆旁边的广场上，背靠竹林，凝视着满天的星星写诗的情景……一时间情绪又不稳定了，刻意故作镇定，睁大眼看着黏在山头的那一抹朝阳，天蓝得只有一种颜色，几只燕子从眼前掠过，落在树枝中，不再有动静，有点奇怪，心想：难道它们也在躲避什么吗？我这是为朋友自豪，还是重新唤起了学生时代的记忆？至今没找出理由。他在《孤傲——兼致LD》中写道：

> 我们泛舟于各自的江湖
> 尽管孤舟独钓
> 但始终心怀苍生

从中我读出了杜甫与李白式的友谊，是啊！莫愁前路无知己，天下谁人不识君。

唐兴义毕业后去新疆工作，这对他的生活，创作都产生了巨大的影响，在组诗《一颗明珠的哲学》中他写道：

一截被历史半掩着的胡杨木
　　好像一架千年不朽的哲学天平
　　一端拎起千年之生
　　一端放下千年之死

　　经过几年的磨合，唐兴义已适应，融入了新疆人的生活，一方面他全力以赴工作，见证，参与新疆发展，建设的同时，期待自己和同事的努力，能切实解决所服务的民众所面临的现实问题，为他们过上幸福安康的生活尽绵薄之力。另一方面，在基层工作的过程中，尽管与以前相比，人民的生活总体上发生了翻天覆地的变化，但具体到个体，因为种种原因，一些民众的生活仍然面临着诸多不便，在反映此类问题的作品中，他做了最深刻的检讨，表达了对基层人民困苦的关怀，同情和歉意。正是这样的阅历，正是他从一开始就将自己与基层人民的生活，喜怒哀乐交织在一起，把人民作为创作的核心，他的诗充满了生活的气息，充满了对未来的美好憧憬，但并不拘泥于此，他的作品主旨，风格与以往相比，有了很大的变化，他在《游疏勒张骞公园》中写道：

　　马蹄高扬，天地旷远
　　端坐马背上的博望侯目视东方
　　千年前他紧握使命手杖一路向西
　　用丝绸换来葡萄、西瓜和短暂安定
　　千年后，他名叫丝绸之路的女儿
　　将他西行的步伐一再延伸

　　从中不难发现，忙碌的生活，工作，并没有打断唐兴义的深度思考，相对于现实主义题材的作品，这一时期写的一些反思历史，富有哲学意味的作品更值得关注。随着阅历，认知的进一步深入，寻求突破，将部分注意力转移到对意义的探索，追思，转移到对诗歌重构的实验，以此为契机，回顾历史，回顾过往的经历，点点滴滴，思考个人，家庭，新疆，中国，乃至东西方文明的前途，并写出了一系列组诗，我认为其中的《触及灵魂的旅行》《疏附十章》《鹰说》是唐兴义这一时期创作的亮点，也间接地诠释了他的创作之所以能不断成长的原始动力，他的诗歌题材为什么会日趋丰富？他的写作技巧为什么总能用得恰到好处？这当然与唐兴义的素质，成长背景，工作环境，美学观念，人生哲学有直接关系。唐兴义是一个洞察力，感受力敏锐，始终能以开放的心胸，积极的态度面对新的环境，新的生活，迎接新的挑战，接纳每一种新的事物，同情每一个不幸者。正是唐兴义的这些特质弥补了他的一些缺陷，同时也间接地突出了他诗歌的美学特质，确保了他创作理念的开放性，包容性，自主性，实验性，以及他对人与人的关系，人与自然的关系，人与宗教信仰的关系的系统性思考。

唐兴义在《剃头》中写道：

第一个为我剃头的人是父亲
第一个让我剃头的人是父亲

这是父子间一种多么动人的情景，人世间最美好的事莫过于父慈子孝，家庭和睦，事业有成。唐兴义对母亲，姐姐，亲朋好友，素不相识者，甚至家里的鹅，猫，狗，鸡，牛羊，野生动物，小鸟，野花都怀有真诚的感情，他的诗中多次提及父亲，母亲，牧羊人，农田里的主人，生活在社会底层的弱势群体，特别是那首写姐姐的诗，读后让人感触颇深，久久难以忘怀。唐兴义为数不多的爱情诗也写得可圈可点，他在《七夕节》中写道：

我说：你在我的城堡四季如春
在我们的爱情里一切皆有可能
比如玫瑰在你手心绽放
比如蜜波在我心海荡漾

所谓"树高千丈不忘根，人若风光勿忘恩"，唐兴义是一个家乡情结异常强烈的诗人，是啊！怀山之水，必有其源。根所在地，才是故乡。

况且，寻根问祖是根植于我们中国人基因的一种本性，一种源远流长的情结。唐兴义在《根》中写道：

> 每次回家
> 都要跟父亲去上一次坟
> 双膝跪下去的时候
> 就像一只漂泊四海的小舟
> 咣当一声靠了故乡的岸

唐兴义家我已去过好些次了，唐兴义家的叔叔阿姨都是朴实的农民，一生辛勤劳作，待人诚恳，与他们交谈恰似跟父母交谈般亲切。两个姐姐都已成家。在朵云村时，我常到田间地头寻找这片土地的灵性，有时独坐在他家后面的火车道旁，看着疾驰而过的火车，感慨之余，一篇篇地诵读唐兴义描述家乡的诗句：

> 唐家庄
> 姓唐人最多的队
> 苍苍老翁
> 悠悠孩童
> 若隐若现于
> 村庄之间
> 有蜿蜒的小径
> 起于一双脚
> 有枯黄的田野
> 始于一场秋收

——《唐家庄》

> 再烤下去
> 土壤的嘴唇上就会开出裂子
> 大片大片地开

被烈火焚烧过的疼
从玉米枯瘦的腰杆喊出来
风把喊声放大

——《架在火炉上的朵云村》

苹果对抗不了挖掘机
就像老园子对抗不了
摧毁和重建的哲学

——《老院子》

醉了也好，疯一点也罢
可清醒的醉酒者
千万不要关上
那扇装裱明月的窗

——《当明月盛满酒杯》

秋风又一次刮过
你在田间地头被玉米捆绑
那是你一辈子无法逃脱的命
也是你城里读书儿子的命

——《母亲》

那一瓶瓶 10 度的怀念
那一杯杯注满故事的怀念
醉过爷爷，醉过我

——《灌醉旧时光的西凉啤酒》

这是家乡现状的真实缩影，也是打开唐兴义人生旅程的天门。卢卡契说："对伟大的现实主义者来说……主要的是，他拥有什么样的手段，他思维和塑造的总体性有多么广和多么深。"（出自卢卡契：《卢卡契文学论文选》第一卷，范大灿编选，人民文学出版社1986年版，第86页。）透过这一角细细一想：人生匆忙，当生活拥有了诗意，当人生拥有了远方，那些惊心动魄的天问，是鞭策，也是照亮征途的灯塔。是命运的苦行，也是灵魂的归宿。当然了，唐兴义还年轻，在文学上更是初出茅庐，在未来成长的路上，需要付出更艰辛的努力，需要更多伯乐，同僚，编辑，亲友，相关机构的提携，支持，才能走得更远。

路漫漫其修远兮，选择了文学，选择了诗，从某种意义上来说：等于选择了一条诗化的人生之路，这当中蕴含的品质足够珍贵。我们等待着唐兴义在文学上的崛起，我们期待唐兴义能给人类创造更多永恒的精神遗产。最后，再次祝贺唐兴义的第一部诗集《时光棱镜》即将出版问世，也感谢兴义这些年的辛勤付出。顺附拙诗一首，与兴义共勉。

以新疆为梦

千年沉浮，天马从梦中归来
迷失在自我中的部分，从此有了新的征途
偶尔路过空荡荡的瞭望塔
每个台阶，都代表着一份高度——
以及高度之下的苍生，高度之上的密语
——是啊！星空还能自白什么？
——是啊！塔台只是驿站，不是答案
转身，在这片沃土上远行
构造一个无法叙述的自我
一个脚步，因此背负着一个台阶的深度
一本书，凭借承载的内涵超度过往
而在永无尽头的旅途中，面对时光无法改变的那一部分
你茫然前行，却备受鼓舞——
那是诗意与生命，在时间之上的延伸

诗意描绘的生命山水

—— 写给《时光棱镜》

大漠烟云 [*]

相遇是缘。认识唐兴义，是从诗歌开始。

彼此的友谊，清澈纯洁，朴素至简，且行且惜中光亮岁月。

从微信对话中，才知唐兴义正在紧锣密鼓地着手出版文学（诗歌）处女作——《时光棱镜》，甚是欣慰，令人敬仰，因为，我也是过来人，深知出书不易，其间，付出的心血，唯有自知，有人说，出一本书，身上得掉几斤肉。此话一点不假，涵盖了作者对文学的执着追求，不懈努力，坚持创作的耐力，耐心，恒爱，恒心。

《时光棱镜》的闪亮登场，不早不迟，恰到好处，缕缕清香，弥漫字里行间，是诗人一腔男儿热血情怀的万马奔腾；是诗人一路前行，生活情境赐予的生命浪花，汹涌澎湃；是诗人一心感品生存空间发酵的玉液琼浆，诗意人生。

文学也是人学，诗歌也不例外。

文如其人，人如其文。

《时光棱镜》集心，集情，集思，是唐兴义诗人"心，情，思"三为合一的诗歌文学艺术的人文呈现。

诗意里的妙笔生花。

诗歌描绘的生命山水。

＊大漠烟云，笔名若寒，甘肃省武威人。中国诗歌学会会员、甘肃省诗词学会会员。著有诗集《春天适合在纸上抒情》。

毋庸置疑，唐兴义因为年轻，想象奇妙，在驾驭语言文字上，特别娴熟，没有刻意的矫揉造作，而是以"我心写我诗"的创作轨线上，将眼前的特定客观存在的物象，通过诗性文字，诗化演绎，诗意表达，营造出现代诗歌的创作意向，言简意赅，精凝厚重，内敛含蓄，下笔自如，落墨从容，毫无堆砌之觉，诗情画意，通透而节约，惜纸而传神，这一点，在诗人《时光棱镜》的每一首诗作中，淋漓痛快，行云流水，涓涓而来，无不彰显出诗人对生活的热爱，对生命的尊重，将心底内存的诗意信息，通过优美的诗歌文字呈现，清香岁月，芬芳时空，是高歌也是欢唱，是曼舞也是乐章，一首首精雅，精致，精美，精灵的作品，将这本《时光棱镜》点缀得五彩缤纷，余味犹存，诗意益然，欣欣向荣。

　　事因难能，固然可贵。创作诗歌是一次心灵苦旅，现实生活中执着地去皈依诗歌的人，应该得到尊重和理解，而写出的作品便是名副其实的真料，唯有低下头来，认真学习，认真品味，与心对语，与诗沟通，跟着诗人的心路，一起走进《时光棱镜》，何乐而不为？我想，这便是诗人带给读者纯净的文学艺术享受。

　　诗人唐兴义的追求，失落，苦痛，喜乐，名利，爱憎，情感等都在《时光棱镜》中尽情释放，热烈放牧，这或许是唐兴义选择诗歌，热爱诗歌，追求诗歌的真实诠释。

　　诚然。诗是信仰，诗是意象，诗是情感，诗是哲思，因为初心，所以真爱。《时光棱镜》的诗意墨香，飘扬时空，是诗人唐兴义诗歌创作路上的里程碑，静以修心，行稳致远，时光，是一部厚重的辞典，生命，是一曲踏歌而行。

　　在这里，借这个机会，祝福唐兴义愉快生活，愉快工作，愉快创作。爱诗歌，爱生活，爱创作，砥砺前行，去寻找精神上的寄托和人生价值。

　　时光向老，花看半开。唯愿唐兴义在文学道路上，越走越宽，写出属于自己艺术风格的好作品，以飨广大读者，书香人间。

低处的高光

爱出者爱返。无敌意、无危险。本打算只采用前面两句话中的第一句，但几经考虑还是把第二句话也放在这篇后记的开头。我曾无数次想过在后记中到底记一些什么，给愿意读我诗歌的读者说一些什么，思来想去觉得先说这两句话合适，因为比较应景、适合、有爱意且无敌意。当前，疫情还在喘息、俄乌局势还很紧张、百年未有之大变局正在推进……世界瞬息万变。在这样的境况下，出一本诗集似乎是个很冒险的决定。

《时光棱镜》是我从近 10 年所写文字中整理出来的第一本诗集。书中的每一首诗都陪我走过了 20 岁到 30 岁这段温润的时光，也是我过去 10 年间那个真实、完整、全面的自己的一个缩影，里面既有青涩稚嫩的我，也有成熟稳重的我。这本诗集是我对自己的一个交代，主要书写了我对青春、生命、亲情、乡土、爱情、时间、乡愁等方面的思考探索。诗歌对我而言，是一种学习思辨的习惯、一种对生命和社会的审视、一剂缓解精神疼痛的良药、一种发明新的语言的表达方式的尝试。希望《时光棱镜》能给各位读者朋友带来些许共鸣。如果各位读者朋友需要光，《时光棱镜》里也许就有灯泡；如果各位读者朋友想家了，《时光棱镜》也可以带你回乡下沾沾泥土味、听听犬吠声、吹吹乡下风；如果各位读者朋友怀旧了，《时光棱镜》还可以让漂泊的你咣当一声靠上故乡的岸。希望各位读者朋友对我的诗歌能够提出宝贵意见建议，我将在今后的创作中加以修正。

出诗集一直是我心心念念的一个愿望，如今得以实现，内心十分激动，修改校对和交付印刷的那段时间，有好几个深夜我热泪盈眶，没想到一本诗集的出版和一个孩子的诞生竟同样让我瞬间破防。回想这过去的 10 年时光，我经历了一生中很多美好的事，一路走来到现在，离不开各位身边的同学、老师、朋友、同事、领导的帮助和支持。如今这本《时光棱镜》真要像一个新生儿一样与各位读者朋友见面了，我很欣喜也很忐忑，但也有许多谢意和感恩要表达。

离上次说完"爸爸、妈妈，我爱你们"已经快20年了。在此刻，我必须、还要对他们说出这句话。"爸爸、妈妈，我爱你们"，谢谢他们一如既往地支持我、关心我、疼爱我。我要特别感谢我的妻子和女儿，她们始终是我最坚强也是最温暖的后盾，我深爱着她们，她们让我感受到了时光的美好。

感谢我的工作单位新疆维吾尔自治区党委组织部《党员之友》杂志社、疏附县委组织部对我的悉心培养，感谢社、部领导的大力支持和殷切鼓励。感谢我现在工作单位的领导和同事熊七洲、王成轩、安福、韩芳、张银龙、孙松华、林庆霞、朱振陆、陆海涛、王新萍、宋佳、戴军，尤其是熊七洲和王成轩，他们为我的诗集出版提供了很多直接帮助。

特别感谢新疆维吾尔自治区党委组织部《党员之友》杂志社熊七洲社长、新疆艺术学院学报刘涛编审、尚未谋面的苗洪评论家为本书倾情作序，我深知无论是本书还是本人，与他们序中的认可和期盼相差还很远。我将踔厉奋发、笃行不怠。

真心感谢我的"老"领导庞向阳部长，他不仅在工作上、生活上给予了我很大帮助，还在这本诗集的出版中提出了很多建设性意见。

十分感谢我的大哥冯一统，经常有人说有高人在指点我，他就是一直指点我的那个高人，尽管他现在隐居山野，但在我诗歌创作、工作、生活中给我提了很多宝贵意见，使我少走了很多弯路。尤其是他为我撰写了一篇万字评论，对出版诗集提出很多中肯的修改意见。

衷心感谢著名诗人沈苇老师，感谢新疆人民出版总社原副总编辑玉素音·阿西木老师，著名诗人古马老师，著名诗人大枪老师，著名编剧、作家陈玉福老师，著名诗人、《诗风》诗刊主编龚学明老师，著名军旅作家王雁祥老师，《读者》杂志社编辑温彬老师，武威市作家协会主席谢荣胜老师，著名诗人笨水，诗人、出版人汪其飞老师，青年诗人王世虎，诗人大漠烟云合力推荐，他们为本书穿上了无形胜有形的"漂亮外衣"。

非常感谢湖南诗人、书法家楚天之云老师，远在北京出差的他，在没有笔墨的情况下，自掏腰包买下纸笔，挥毫写下"时光棱镜"四个字，为本书增添了浓厚艺术气息。

感谢光明日报出版社为本书编辑审校出版付出了心血的各位老师，他们细致耐心的沟通解决了付梓前的许多具体问题。

还要感谢很多不能一一写出姓名的领导、同事和文朋好友，他们的鼓励和支持，为我整理出版这部诗集提供了很多无形的帮助。

每个人都有自己的高光时刻，当然也有坠入低处的时候，我将后记的题目定为"低处的高光"有多层次的意思。读者朋友们或许认为出书对于一个作者来说就是一个高光时刻，对于我则不然。我已在前面提及这本书只是一个总结，而我的创作始终处在一个低处的状态，接下来我要做的，就是在《时光棱镜》的基础上，改变低处的状态，为写出精品力作而不懈奋斗，创造真正的高光时刻。

是为后记。

唐兴义
壬寅年惊蛰